Absolument moi, Clarice Bean

Traduit de l'anglais
(Royaume-Uni)
par Stanley Péan

Vendredi

C'est moi, Clarice Bean.

Je ne suis pas fille unique, mais il y a des jours
où je souhaiterais l'être.

Ma famille compte six membres, ce qui me semble
parfois trop.

Pas toujours, seulement parfois.

Mon père passe le plus clair de son temps dans
un bureau à répondre au téléphone pour dire
des choses comme : « Je ne peux pas te parler
maintenant, je suis dedans jusqu'au cou… »

Maman rouspète à tout bout de champ au sujet de pantalons qui traînent sur le plancher ou de chaussures sur le canapé.

Elle dit : « Cette maison ne va pas se nettoyer d'elle-même, vous savez. Qui s'occupe de tout ici, d'après vous ? Monsieur Personne ? Si on me payait pour ramasser vos chaussettes sales, je serais déjà riche. » Etc., etc., sans arrêt.

Je suis la troisième de quatre enfants et j'aurais préféré être la benjamine.

Je ne comprends pas bien pourquoi ma mère et mon père ont voulu avoir un autre enfant après moi.

Ils n'avaient certainement pas besoin de lui. Et c'est vraiment dommage parce qu'il gâche tout, tout le temps, pour tout le monde.

On l'appelle Martin-le-Criquet et c'est une vraie plaie.

Il se plaint sans cesse et, à cause de lui, les gens s'embourbent souvent dans le pétrin.

Vous pourriez penser
    que c'est un soulagement
pour moi d'aller à l'école.
        Mais si vous croyez ça,
c'est que vous ne connaissez
        vraiment pas les élèves de ma classe.
Sans viser personne, je pense
        à Grace Grapello,
        une vraie m'as-tu-vu.

Certains jours, je fixe le vide avec ennui,
en ne pensant absolument à rien.

Ce qui irrite beaucoup Mme Wilberton.

Je lui tombe sur les nerfs.

Je le sais parce qu'elle n'arrête pas de me le répéter.

En toute honnêteté, Mme Wilberton n'est pas
ma personne préférée sur la planète Terre.

Le problème, c'est que je vis sur la planète Terre
et que Mme Wilberton est mon professeur.

Mme Wilberton dit que je suis absolument
incapable de me concentrer une fraction
de seconde.

J'essaie de lui prouver qu'elle a tort en m'efforçant
de me rappeler que je dois me concentrer.

J'y pense tout le temps. J'essaie désespérément
de me concentrer et je me répète : « Ne pars pas
dans la lune comme hier. »

Mais alors je me rappelle comment j'ai dérivé
vers la lune la veille pendant que je m'évertuais
à écouter Mme Wilberton et toutes ces choses
qu'elle me disait.

Et alors je me demande :

Comment toutes ces choses qu'elle me dit peuvent-elles entrer dans ma petite tête ?

Et alors je me dis qu'il me faudrait peut-être me débarrasser des choses dont je n'ai plus besoin...

Vous savez,

comme quand mon père avait voulu faire le ménage du grenier – nous lui avions dit que nous avions besoin

de tout

et il lui avait fallu ranger ce qu'il voulait jeter.

Mais peut-être l'espace dans mon esprit est-il

trop

occupé

par des choses pas si importantes ?

Voilà

pourquoi

je n'arrive pas à

me concentrer :

tout mon espace de concentration

est utilisé par

des règles comme

«Ne mets pas les coudes sur la table» et

«Ne pince pas ton petit frère» et

encore plein d'autres

trucs idiots

qui n'ont

absolument

aucune importance.

« CLARIG

Veux-tu

bien

redescendr

sur

Terre imm

E BEAN !

édiatement ! »

Elle, c'est Mme Wilberton.

On
la
reconnaît
à sa
voix
d'outarde.

Elle dit :

« Clarice Bean,
au rayon de la concentration
tu es tout à fait nulle.
Une mouche domestique fait montre
de plus d'application que toi ! »

Et j'ai bien envie de lui répondre :

« Au rayon des manières, vous êtes
absolument nulle, madame Wilberton.
Un rhinocéros fait montre
de plus de politesse que vous. »

Je me tais parce que Mme Wilberton a le droit
de me dire des méchancetés, mais que je n'ai pas
le droit de répliquer.
C'est le règlement de l'école.

Mme Wilberton reprend alors : « Écoutez-moi :
je vais vous annoncer le sujet très excitant du
concours d'exposés qui se tiendra lors de la
journée "portes ouvertes" de l'école cette année. »
Mme Wilberton n'a pas du tout l'air excitée. D'après
moi, il faudrait qu'un éléphant gesticule dans la
salle de classe pour faire réagir Mme Wilberton.
Peu importe. Chaque élève doit maintenant
se trouver un partenaire et réfléchir à l'exposé
qu'il aimerait présenter le jour où les parents
viendront voir ce que leurs petits chéris ont
préparé pour eux.
Bien entendu, Betty Belhumeur et moi formons
une paire parce que nous sommes absolument
les meilleures amies du monde.
Mme Wilberton nous informe que le projet doit
s'inspirer d'un livre que nous avons lu et qui nous
a appris quelque chose.
Ça me semble
absolument ennuyeux, à moi.

À mon retour à la maison, je file droit à la salle de séchage, à l'étage.

J'emporte un petit bout de fromage, parce que c'est ce que je préfère manger ces temps-ci et qu'on ne sait jamais quand une petite fringale peut vous prendre.

Cet endroit est parfait lorsqu'on veut un peu de solitude.

Et c'est là que j'aime le mieux lire.

Comme ce n'est pas éclairé, il faut une lampe de poche. Ça tombe bien, j'en ai reçu une pour Noël. Il a fallu que j'en fasse la demande par écrit au père Noël et que j'épingle ma note au-dessus de la cheminée.

Je ne crois pas au père Noël, mais je lui écris quand même parce que Maman et Papa y tiennent.

Sur ma note, j'ai inscrit : « Cher père Noël, si vous existez pour de vrai, pourrais-je avoir une lampe de poche ? Et si vous n'existez pas pour de vrai, est-ce que quelqu'un d'autre pourrait me l'offrir ? »

Je crois qu'il est important d'envisager toutes

les possibilités parce que, de nos jours, on ne sait plus distinguer le vrai du faux.

Grand-M'man dit que le monde est un endroit mystérieux, maintenant que les hommes vont dans l'espace et tout le tralala.

«Qui aurait jamais pensé qu'un jour on pourrait envoyer une photo par téléphone ou faire cuire un gigot d'agneau en cinq minutes?» remarque-t-elle.

Avant, je n'aimais pas tellement la lecture. Mais il se trouve que Grand-M'man m'a offert un livre intitulé UNE FILLE PRÉNOMMÉE RUBY. D'après Maman, c'est à ce moment-là que je suis devenue une grande lectrice.

UNE FILLE PRÉNOMMÉE RUBY est un épisode de la série des AVENTURES DE RUBY REDFORT. Betty Belhumeur et moi sommes absolument folles de ces bouquins. Ils mettent en scène une fille extraordinaire qui est un peu détective, même si elle n'a que onze ans.

Elle n'a ni frère ni sœur et vit toutes sortes d'aventures.

Moi, mes aventures se limitent à aller toute seule au dépanneur du coin de la rue.

Ruby Redfort vit dans une maison un peu plus grande que nature, ses parents sont fabuleusement riches et elle a un vrai de vrai majordome à son service qui fait toutes sortes de choses pour elle. On l'appelle par son nom de famille, Hitch.

Les majordomes se font toujours appeler par leur nom de famille, c'est la règle dans le monde des majordomes.

Certains jours, Ruby Redfort va à l'école en hélicoptère. Elle possède toutes sortes de gadgets et de bidules. Même son ensemble d'éducation physique n'est pas comme les autres. Ses espadrilles spéciales lui permettent de bondir par-dessus ses ennemis, et son maillot de bain est équipé d'un moteur qui lui permet de nager plus vite qu'un dauphin.

Et Ruby reçoit du courrier dans sa propre boîte aux lettres, imaginez!

Il s'agit de lettres intéressantes et confidentielles provenant d'autres détectives et de premiers ministres, et qui regorgent de messages codés.

Son entourage ne se doute jamais de rien.

D'ailleurs, pourquoi aurait-on des soupçons?

Et ce qui est génial avec Ruby Redfort, c'est qu'elle n'a pas besoin de déguisement : qui pourrait s'attendre à ce qu'une écolière soit la reine des enquêteuses?

Personne, voilà!

Moi, du courrier, je n'en reçois qu'à mon anniversaire. C'est pourquoi je me suis mise à commander toutes sortes de trucs par la poste.

Il y a un tas de bidules qu'on peut recevoir gratuitement, juste en remplissant un coupon.

Maman dit que la publicité est juste bonne pour le bac de recyclage, mais je trouve intéressant de recevoir du courrier même si ce ne sont que des prospectus sur les gilets thermiques!

Mon père reçoit souvent des enveloppes marquées **CONFIDENTIEL**, alors je me dis qu'il est peut-être un agent secret lui aussi.

À son insu, j'ai lu une de ces lettres sur laquelle il y avait un tas de chiffres et de dates à côté de mots en caractères rouges :

DERNIER AVIS.

C'est absolument suspect.

L'autre jour, Papa a déclaré qu'«il y a pas mal de brasse-camarade au bureau» et qu'il lui faudrait «faire des pieds et des mains» s'il voulait avoir «sa part du gâteau».

Il a également dit : «Les gros bonnets font pas mal de tapage et il se peut que beaucoup de gens se retrouvent le bec à l'eau s'ils perdent le moineau de vue. Mais ce sont les risques du métier.» Je ne suis pas certaine de comprendre de quoi il parlait.

D'après Betty Belhumeur, c'était probablement
du langage codé.

Papa m'a dit : «Je peux t'assurer que si j'étais
un agent secret, je m'arrangerais pour mener
des missions secrètes dans un endroit chaud et
ensoleillé, sur une belle plage sans téléphone.»
Papa a toujours un téléphone sur lui. On doit
absolument pouvoir le joindre à toute heure
du jour et de la nuit.

Je trouverais cela très difficile d'être un agent
secret, parce que les membres de ma famille sont
toujours en train de mettre le nez dans mes affaires
et qu'il est extrêmement impossible de garder
quoi que ce soit secret.

D'après Betty, il suffit d'avoir une bonne couverture
et des gadgets qui ont l'apparence d'objets de tous
les jours.

Par exemple, le grille-pain de Ruby Redfort
se transforme en un télécopieur spécial.

Si vous *enfoncez* le bouton,

un message secret envoyé par le QG de son patron
s'imprime automatiquement

sur votre rôtie.

Une fois qu'elle l'a lu, Ruby n'a plus qu'à manger
le pain pour s'assurer que personne ne prenne
jamais connaissance du message.

Toujours d'après Betty, « il faut avoir l'air aussi
imperturbable qu'un sorbet au concombre pour
ne pas éveiller les soupçons ».

Les parents de Ruby ignorent absolument tout
de sa vie secrète de fin limier et d'agent spécial.

C'est que Ruby fait l'impossible pour ne pas éveiller leurs soupçons.

Certains soirs, Ruby a tout juste le temps de revenir de Russie ou d'un autre pays lointain avant que ses parents n'entrent dans sa chambre pour la border, l'embrasser et lui souhaiter bonne nuit. D'autres soirs, elle utilise ce vieux truc qui consiste à placer des oreillers sous sa couette de manière à faire croire qu'elle roupille sous ses couvertures. En réalité, elle se trouve à plus de quinze mille kilomètres de sa chambre et ne porte pas son pyjama, mais une veste de fourrure, puisqu'elle est en pleine ascension d'une montagne.

«J'ai essayé le truc des oreillers dans le lit et ça ne marche pas, dis-je à Betty. Pas avec une mère comme la mienne qui vient vérifier si tu t'es brossé les dents.»

Et j'ajoute : «Je crois que même Ruby Redfort ne saurait pas tromper ma mère.»

Betty répond : «Ruby Redfort, elle, utiliserait un vaporisateur à odeur de dentifrice dans sa chambre.

Comme ça, en humant la menthe fraîche, sa mère penserait qu'elle s'est brossé les dents et ne se donnerait pas la peine de vérifier.»

Bien sûr, c'est simple comme bonjour!

Il suffisait d'y penser.

L'autre outil indispensable, si vous voulez être agent secret, c'est un téléphone.

Ruby Redfort a des téléphones un peu partout, même dans sa salle de bains.

Parfois, Hitch le majordome les lui apporte sur un plateau.

Betty Belhumeur en a un dans sa chambre.

J'ai demandé à mon père si je pouvais avoir un téléphone dans ma chambre.

Il a éclaté d'un rire étrange qui a duré près de neuf minutes.

Les parents de Betty, eux, sont vraiment gentils.

M. et Mme Belhumeur me disent toujours: «Tu peux m'appeler Cedric», et «Appelle-moi Maud» et même Betty les appelle Cedric et Maud.

Avec eux, Betty peut faire absolument tout

ce qu'elle veut et peut même se coucher à l'heure qui lui plaît.

Betty Belhumeur est fille unique.

Enfin, presque fille unique. Elle a un frère qui s'appelle Zack, âgé d'un peu plus de vingt ans. Il vit dans un studio et sort avec une fille qui vient du Japon.

Moi, j'ai un frère aîné qui s'appelle Kurt.

Rares sont les gens qui ont rencontré Kurt, parce qu'il passe le plus clair de son temps enfermé dans sa chambre avec sa solitude. Sa chambre est un endroit menaçant, où flotte une odeur désagréable. Il laisse traîner toutes ses affaires par terre et interdit à quiconque de les ranger.

Maman dit : « Ça fait partie de sa crise d'adolescence ; un jour, il s'en sortira. »

Je demande : « Quand ça ? »

Papa répond : « N'essaie pas de retenir ton souffle jusque-là ! »

Ce qui signifie que cela pourrait prendre encore pas mal de temps.

Lundi

Le livre
de Ruby
que je suis
en train
de lire à
cet instant
précis
s'intitule
RUBY REDFORT
TRIOMPHE.
Tous les
volumes
de la série
débutent
de la même
manière :

Il y avait sur l'avenue Cedarwood une maison blanche ultramoderne, aux rutilants panneaux vitrés. Et dans cette maison vivait une fillette des plus particulières, la fille de Brant et Sabrina Redfort, membres de la haute société.

Brant et Sabrina avaient baptisé leur fille Ruby, mais ceux qui étaient au parfum savaient qu'elle était en réalité Ruby Redfort, agent secret, détective et fin limier.

Il y avait un dessin de sa maison et une carte de tous les passages secrets.

Les histoires débutaient toujours d'une manière calme et agréable qui ne laissait pas présager ce qui allait suivre.

C'était un matin magnifique. Mme Digby tira les rideaux et le soleil éclaboussa le visage angélique de Ruby Redfort.

— Muffins ou pain doré ? s'enquit la domestique attentionnée comme toujours.

— Muffins, bâilla Ruby, en glissant les pieds dans ses pantoufles remarquablement moelleuses.

— Tout de suite, mademoiselle Ruby. Je vais vous faire couler un bain... Prenez votre temps, pas besoin de vous presser.

Vous voyez bien : le livre s'annonce absolument ennuyant. Mais attendez la suite...

Ruby se disait que la journée serait fabuleuse. Elle en avait le pressentiment...

«Maman te signale

que tu ferais mieux de sortir du lit

tout de suite

et que si tu veux du lait sur tes céréales,

tant pis pour toi,

il n'y en a plus.»

Elle, c'est ma sœur Marcie. On la reconnaît
à sa brusquerie.

D'après Maman, quand on a distribué les bonnes
manières, Marcie devait être aux toilettes.

Il me faut

sautiller

jusqu'en bas

parce que je n'ai plus qu'une pantoufle. Notre
chien, Ciment, a enterré l'autre dans le jardin
et on ne l'a toujours pas retrouvée.

Peut-être que, dans une centaine d'années,
des archéologues la déterreront, la trouveront
fascinante et l'offriront à un musée?

À mon arrivée au rez-de-chaussée, la cuisine baigne dans la mauvaise humeur générale.

Marcie ne parle pas à Maman. Kurt ne parle pas à Marcie. Grand-P'pa ne parle à personne parce qu'il n'a pas encore branché son appareil acoustique.

Martin me parle, mais j'aimerais mieux pas.

Martin, c'est cet insecte agaçant avec qui je partage ma chambre. Certains jours, quand je ne veux pas qu'il entre, j'empile des tas de trucs pour bloquer la porte.

Martin a cinq ans.

Qui voudrait partager sa chambre avec un petit frère de cinq ans? Je n'ai pas besoin d'un petit frère de cinq ans. J'ai déjà un frère adolescent, Kurt, et ce frère-là me suffit amplement.

Martin demande : « À quelle heure l'araignée
a-t-elle rendez-vous chez le dentiste ? »

Je ne prends pas la peine d'écouter la réponse à
sa devinette parce que je sais déjà qu'elle ne sera
pas drôle.

J'essaie plutôt de lire l'endos de la boîte de céréales
parce qu'on y offre de gagner des gommes à effacer.
Martin s'écrie : « À une heure et *gnée*! La
comprends-tu ? La comprends-tu ? À une heure
et *gnée*! »

Je réponds : « Non. »

Il me secoue le coude, et je renverse un peu
de jus d'orange sur ma salopette, alors
je lui fais une clé de bras. Maman dit :
« Clarice, tu es pire qu'un
perce-oreille! Mets ton
coupe-vent et file à l'école sans
faire d'autres niaiseries.
Et remonte tes chaussettes !
Et n'oublie pas ton dîner ! En passant,
tu as mouillé tes vêtements ! »

Des fois, quand je le peux, je lis en marchant vers l'école.

Ruby descendit en ascenseur de la cuisine à l'entrée.

«À plus tard, Hitch», dit-elle au majordome, alors qu'elle montait dans la rutilante limousine noire qui l'attendait dehors. Une fois à bord, Ruby alluma la télé; elle aimait bien regarder ses dessins animés préférés avant le début des classes. Elle adorait ce trajet; c'était tellement reposant...

«Clarice Beeeean, **Clarice Beeeean!** **Attends-moi.** Je suis *juste* **derrière toi!**»

Lui, c'est le garçon qui vit de l'autre côté de la clôture, Robert Granger. J'essaie de l'ignorer et je continue ma lecture.

«À bien y penser, dit Ruby à son chauffeur, je vais marcher. »

Après tout, c'était une journée magnifique et elle comptait en profiter pour faire un saut au minimarché afin d'y acheter un paquet de la gomme à mâcher qu'elle aimait tant.

« Clarice Beeeean, je sais que tu m'entends ! »

Robert Granger !

Il me rend littéralement folle. Des fois, il s'assied près de la clôture et attend que je mette le nez dehors.

Je passe la moitié de mon temps à essayer de me débarrasser de lui. Maman dit que je suis chanceuse et que je devrais prendre le comportement de Robert comme un compliment.

Selon elle, ce n'est pas donné à tout le monde d'avoir quelqu'un qui tient à être avec vous au point de vous suivre à longueur de journée.

Je lui réponds que, si elle le veut, elle peut garder Robert Granger pour elle ; on verra bien si elle se compte chanceuse qu'il la talonne ainsi ! Ruby Redfort aussi a un voisin agaçant, mais il a plus de soixante-dix ans et ne va donc pas à son école. Ce qui ne l'empêche pas d'avoir toujours le nez fourré dans les affaires des autres. En ce sens il me rappelle Robert Granger.

M. Parker pointa le nez dehors et inspira très bruyamment.

— C'est encore cette petite Redfort ? Je te l'ai déjà dit, tiens-toi loin de ma pelouse ! Tes parents savent-ils où tu es ? Comment se fait-il que tu ne sois pas en classe ? Je devrais les appeler moi-même, tiens !

Ruby Redfort fit mine de ne pas entendre.

— Bonjour, monsieur Parker, lança Ruby, enjouée. Comment allez-vous, aujourd'hui ?

Cela ne manquait jamais d'enrager encore plus M. Parker.

Je cours vers l'école et Betty Belhumeur est déjà là avec aux pieds de drôles de souliers fantaisistes achetés à l'étranger.

Betty parcourt le monde avec sa mère et son

père. Ils ont des amis partout sur la planète, même en Chine, un pays situé à des zilliards de kilomètres et de milles d'ici, au moins.

Les parents de Betty prétendent qu'il est essentiel qu'un enfant voie du pays pour s'épanouir et devenir un adulte équilibré.

Ils affirment que les voyages autour du monde sont la meilleure instruction qu'un enfant puisse recevoir, et ils s'envolent souvent avec Betty, sans crier gare, vers des destinations absolument exotiques.

C'est très inhabituel.

J'aimerais bien que Robert Granger s'envole quelque part à l'autre bout du monde.

Mais le voilà qui s'avance vers Betty et moi en disant : « Avez-vous pensé à une idée pour votre exposé littéraire ? Vous devriez parce qu'il va y avoir un prix mystère pour le meilleur exposé littéraire et que le nom du gagnant sera gravé sur la petite coupe en argent qui va dans l'armoire à trophées en verre et que tout le monde le verra, c'est écrit sur le tableau. Et puis Arnie Singh et moi, on a eu une très bonne idée d'exposé et on va gagner. » Ce qui, quand on les connaît, est absolument impensable.

À ce qu'il paraît, Robert Granger et Arnie Singh préparent un exposé sur les dinosaures.

Ils affirment avoir d'authentiques ossements

de dinosaures, mais je sais qu'il s'agit d'os de poulet provenant du dîner de dimanche dernier chez Robert.

Je leur dis : « Ces os sont trop petits pour être des ossements de dinosaure ! »

Et ils répondent : « Ils viennent d'un très petit dinosaure. »

Je réplique : « Il n'y a jamais eu de petits dinosaures, ce sont des os de poulet. »

Ils répondent : « C'est un poulet-dinosaure. »

Je réplique : « Très intéressant : je ne savais pas qu'on pouvait acheter des dinosaures au supermarché. »

Cela dit, le concours nous excite les neurones. Nous regardons la petite coupe dans le présentoir à trophée en verre.

Nous avons vraiment envie de la gagner, mais bien entendu nous n'avons pas la moindre idée d'exposé. Et puis, nous nous demandons aussi ce que peut être le prix mystère.

Je crois qu'il pourrait s'agir d'un émetteur-récepteur.
Betty croit que c'est plutôt un appareil photo
dont les clichés se développent instantanément.

Quoi que ce soit,
il nous le faut.

Après l'école, je passe chez Betty Belhumeur
pour discuter de notre exposé.

J'aime allez chez les Belhumeur, c'est vraiment
agréable, et parfois pour le souper il n'y a que
des amuse-gueule et des boissons pétillantes !

Mais, la plupart du
temps, M. Belhumeur-
appelle-moi-Cedric
dit : « Allons donc
chez *Wang Chung*. »
Il s'agit d'un restaurant
chinois très distingué,
avec des chaises
couvertes de velours
pourpre.

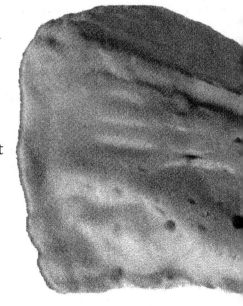

D'autres fois, il prépare à dîner avec ce qu'il y a
dans le garde-manger – parfois juste une patate et
un bout de fromage à l'odeur suspecte.

Les Belhumeur habitent une maison moderne,
absolument semblable à celle de Ruby Redfort.
Il faut monter à l'étage pour aller dans leur
cuisine.

C'est

époustouflant.

Quand on entre, il faut tout de suite retirer
ses chaussures et enfiler des mules spéciales.
Ils ont ramené cette coutume du Japon.
J'en ai parlé à Maman.
Elle m'a dit : «Clarice Bean! Combien de
fois t'ai-je demandé de bien vouloir retirer tes
chaussures? L'as-tu jamais fait? Bien sûr que
non!»
C'est vrai, mais bizarrement c'est plus amusant
chez les Belhumeur.
Au bout du compte, nous parlons à peine du
concours littéraire parce que nous ne pouvons
pas cesser de discuter de Ruby Redfort.
Betty Belhumeur et moi sommes folles de cette
série et comptons la lire en entier.
Impossible de nous arrêter. Et quand nous aurons
terminé, nous la relirons de nouveau.
Je viens d'arriver au passage où Ruby Redfort
se présente pour le poste de présidente de la
classe; on est sur le point de procéder à l'élection
du meilleur candidat.

Naturellement, Mme Drisco, le prof de Ruby,
n'est pas du tout enchantée parce que Ruby et
elle ne s'entendent guère. Et, bien entendu, Ruby
a un tas de bonnes idées pour changer les choses
à l'école, par exemple allonger les récréations.
J'aimerais tant qu'il y ait davantage de volumes
dans la série. Je songe à écrire à Patricia F. Maplin
Stacey, l'auteure, pour lui demander d'écrire
un peu plus vite.

Mme Belhumeur-appelle-moi-Maud dit :
« Pourquoi pas ? Les écrivains aiment toujours savoir
combien leurs lecteurs apprécient leurs œuvres. »
La maman de Betty sait cela parce qu'elle est
elle-même écrivaine.

Ce mercredi, elle doit partir pour une séance
de signatures à l'étranger.

Elle est absolument célèbre et on peut acheter
ses livres dans toutes les bonnes librairies.

Alors

nous

écrivons :

Chère Patricia F. Maplin Stacey,

Nous sommes d'avides lectrices de la série Ruby Redfort et
nous en avons lu tous les volumes au moins une fois chacun.
Nous voudrions savoir quand le prochain livre de
Ruby Redfort va paraître et quel sera son titre.
Et puis, à la page 106, au chapitre 8, de

Vas-y, Ruby,

pourquoi l'infâme méchant Hogtrotter n'a-t-il pas pris la peine de revérifier s'il avait bien verrouillé la porte du cellier?

Également, à la page 33, vous écrivez que Ruby portait ses lunettes, puis plus tard vous écrivez qu'elle ne voyait pas très bien parce qu'elle n'avait pas ses lunettes.

Nous attendons impatiemment votre réponse.

Betty P. Belhumeur et Clarice Bean

P.-S.: Nous croyons que vous devriez écrire un peu plus vite.

Nous écrivons deux lettres, une chacune, au cas où l'une se perdrait dans le courrier. Maud nous donne des timbres-poste pour que nous puissions les envoyer dès demain.

Elle nous demande ce que nous fabriquons de bon à l'école et nous lui parlons de cet ennuyant concours d'exposés que nous voudrions bien gagner.

Elle nous dit : «Pourquoi faudrait-il que vous choisissiez un livre ennuyant ?»

Et elle a bien raison, pourquoi donc ?

Le hic, c'est que nous n'arrivons pas à trouver un livre qui soit à la fois éducatif et intéressant.

Mardi

Je suis un peu inquiète parce que Betty Belhumeur et moi n'avons toujours pas déniché de livre pour l'exposé.

Et puis, je suis en retard parce que je n'arrête pas de lire RUBY REDFORT TRIOMPHE.

Ruby flânait sur le chemin de l'école, vraiment pas pressée d'y arriver. Après tout, elle avait déjà vingt minutes de retard, alors cinq de plus ou de moins, quelle différence ? Elle pourrait toujours inventer une excuse. Il lui fallait d'abord affronter Mme Bexenhealth, la secrétaire de l'école, mais ce n'était jamais tellement difficile.

Mme Bexenhealth ne pouvait rien face aux excuses de Ruby. La pauvre secrétaire avait beau essayer, jamais elle n'arrivait à découvrir ce que Ruby manigançait.

Le vrai problème, c'était Mme Drisco. Personne n'était aussi sévère qu'elle. À côté de Mme Drisco, même le méchant comte Von Vicomte avait l'air d'un chaton.

Ruby entra dans la classe et se laissa choir sur sa chaise. À sa grande surprise, aucune réprimande ne s'ensuivit. Au lieu de ça, Mme Drisco lui adressa un sourire amical.

Mme Drisco se montrait gentille ! Ça, c'était louche.

Et tandis que la leçon s'éternisait, Ruby s'étonna de ne pas s'en lasser. Il était pourtant impensable de ne pas se lasser des leçons de Mme Drisco.

Quelque chose n'allait vraiment pas.

Mme Drisco avait-elle été transformée en une sorte de Martienne? Ou remplacée par une imposteure?

Dommage que Mme Wilberton n'ait pas été transformée en Martienne elle aussi. Quand j'arrive en classe avec un léger retard, elle me fusille des yeux, puis elle dit: «J'espère que tout le monde a eu le temps de réfléchir à son projet de lecture. Ceux qui n'ont pas encore choisi de livre s'en verront attribuer un par moi-même.»

À ces mots je frémis, parce que je sais quel type de livre choisirait Mme Wilberton.

Probablement quelque chose sur la vie secrète des escargots, ou sur le ballet, ou encore sur les escargots qui dansent le ballet.

Betty et moi échangeons un regard. Le mien signifie : « Au secours ! qu'est-ce qu'on va faire ? » Et le sien signifie : « Comment veux-tu que je le sache ? »

Je commence à paniquer parce que si nous n'avons pas rapidement une idée géniale, nous serons dans l'embarras et Mme Wilberton nous réprimandera en plus de nous imposer un livre ennuyeux au possible.

Pourquoi Betty Belhumeur n'a-t-elle toujours pas eu d'illumination ?

D'habitude, elle excelle à trouver des manières de contenter Mme Wilberton.

Elle n'est absolument jamais dans l'embarras.

C'est vrai !

Jamais !

C'est comme si Betty avait été touchée par le pistolet à rayons de l'infâme comte Von Vicomte.

Ça me rappelle ce passage dans QUI VIENDRA À LA RESCOUSSE DE RUBY REDFORT ? où le comte Von Vicomte fait subir à Ruby un lavage de cerveau pour lui voler toutes ses bonnes idées.

Pour ce faire, il ouvre grand ses yeux exorbités et, avant d'avoir pu dire ouf! vous tombez sous son envoûtement.

Alexandra Holker annonce que son exposé portera sur l'époque victorienne, parce qu'elle raffole d'histoire ancienne.

Elle enfilera des vêtements d'époque et fera comme si elle était issue du XIXe siècle, et puis elle distribuera du *fudge* victorien. Elle a pris cette idée dans un livre intitulé *Les Victoriens*.

Je dois admettre que j'aurais bien aimé avoir pensé à ça. Mon cousin Noah et mon amie Suzie Woo disent qu'ils feront leur travail d'après un livre ayant pour titre *Globale fringale,* sur le thème de toutes les cuisines du monde, et qu'ils feront à manger pour de vrai durant leur exposé.

Mme Wilberton est sur le point de prononcer

mon nom et je sens déjà mon estomac se serrer.

Mais juste au moment où elle demande : « Clarice Bean, sur quoi portera votre participation au concours de lecture ? », Mme Marse glisse la tête par la porte et dit : « Madame Wilberton, M. Pickering aimerait vous parler. »

Et puis, comme un scarabée,

elle s'éclipse.

Après la pause, Mme Wilberton s'époumone
à propos de quelque chose, je ne sais plus quoi.
C'est probablement la faute à Karl Wrenbury.
Pour faire changement.
Karl Wrenbury est le garçon le plus désobéissant
de mon école, et il est dans ma classe.
Karl se met les pieds dans les plats au moins
une fois par jour.
Il est déjà entré dans le placard du gardien
pour y voler une pile d'écriteaux sur lesquels
il y avait d'inscrit **CETTE TOILETTE EST HORS
D'USAGE**. Et il en avait collé sur toutes les portes,

y compris celle du bureau de M. Pickering.
On avait renvoyé Karl Wrenbury de l'école
à cause de ça.

Mme Marse prétend qu'il est sans doute
hyperactif et qu'on devrait lui interdire les
boissons trop sucrées.

Mme Wilberton croit que rien n'excuse un

comportement déplaisant et que Karl
Wrenbury a simplement décidé
d'être un élément perturbateur
et de gâcher la vie des autres.

Je l'ai surprise à discuter avec
M. Skippard, le gardien. Elle disait :
« Je tiens ses parents pour
responsables. »

Et M. Skippard de répliquer :
« Tout à fait d'accord. »

Mme Wilberton annonce : « J'ai
le regret de vous apprendre que
des individus dont je tairai le

nom – les coupables se reconnaîtront – se sont
amusés à causer des dégâts avant le début des cours
et qu'ils ont inondé les toilettes des garçons. »
Je suis un brin nerveuse à l'idée que ce pourrait
être moi la coupable, même si je n'ai jamais mis
les pieds dans les toilettes des garçons, jamais.
En vérité, il s'agit bien de Karl Wrenbury
et de Toby Hawkling.
Ils sont convoqués au bureau de M. Pickering
et ne reviennent pas en classe.
Au moment de retourner à la maison, je vais à
ma patère pour enfiler mon manteau, mais quelque
chose d'étrange est arrivé aux manches et il y a
une fermeture éclair au lieu des boutons. Il est
arrivé la même chose à tous les autres manteaux.
Apparemment, chacun d'entre eux s'est retrouvé
comme par magie accroché à la mauvaise patère. Il
me faut une éternité pour trouver mon manteau. Je
me demande comment c'est arrivé : Karl Wrenbury
n'était même plus à l'école cet après-midi.

J'en ai froid dans le dos.

Sur le chemin du retour, je dois m'arrêter acheter des denrées essentielles, c'est-à-dire un paquet de croustilles. Malheureusement, quand je ressors du magasin, Robert Granger m'attend dehors.

Je n'ai absolument pas envie de marcher avec lui jusqu'à la maison, alors je fais un long détour.

Quand finalement j'arrive chez moi, quelque chose cloche dans la salle de séjour. Je constate tout à coup… que le téléviseur est éteint et que Grand-P'pa n'est pas dans son fauteuil. Un autre détail insolite me frappe : j'entends un bruit étrange, comme un jappement. À moins que ce ne soit un aboiement ? Je ne saurais dire d'où il vient.

Ce n'est pas Ciment, en tout cas, parce qu'il est près de moi, en train de mâchouiller le bloc-notes près du téléphone. J'essaie de le lui arracher parce que je vois bien qu'il est sur le point d'avaler un message signé par je ne sais trop qui.

Les seuls mots que j'arrive à lire sont : « pas eu le temps de te le dire, mais vais en Rus... »

Qu'est-ce que ça peut bien signifier ?

Qui n'a pas eu le temps de parler à qui ?

Et pourquoi cette précipitation ?

J'en suis à me demander que faire quand soudain le téléphone sonne.

C'est Maman. « Clarice, peux-tu dire à ton frère de mettre le repas au four ? »

Je réponds : « Quelque chose de pas très net se trame, j'entends quelqu'un japper... »

Elle dit : « Madame Pargett, pas comme ça ! Vous allez vous faire mal... Je viens. Ne bougez pas ! Attendez ! »

Puis plus rien au bout du fil.

Maman travaille au centre pour personnes âgées ; elle y enseigne la danse.

Elle prétend que la danse peut être très dangereuse
si vos hanches ne sont plus ce qu'elles étaient.
En tout cas, je prends mon petit calepin et
j'y inscris :

Des événements étranges ont eu lieu
dans la salle de séjour.

C'est le genre d'observation que ferait Ruby Redfort.

Grand-P'pa a disparu.

Et j'entends un aboiement, à moins
que ce ne soit un jappement ?

Maman n'a pas l'air inquiète.

Que se passe-t-il ?

Je souligne la dernière phrase à plusieurs reprises
parce que là est la vraie
question.

Kurt a fait brûler le repas qui a un goût de cendre.
Mais ça, ce n'est pas étonnant.
Ce qui me stupéfie, c'est qu'il semble s'en réjouir !
J'en parlerai à Betty Belhumeur demain.

Mercredi

Dès mon réveil, je me replonge dans ma lecture. Je lis même en descendant l'escalier pour le déjeuner.

Ruby Redfort flânait vers la cuisine où la merveilleuse Mme Digby s'affairait déjà à préparer des crêpes.

Leur odeur incroyable faisait monter l'eau à la bouche...

Papa me demande : « Que voudrais-tu pour déjeuner ? »

Je réponds : « Des crêpes. »

Papa dit : « Si tu veux des crêpes, tu devras les préparer toi-même. »

Je réponds : « D'accord, je les ferai alors. »

Maman intervient : « Nous n'avons plus d'œufs. »

Mme Digby, elle, n'aurait jamais manqué d'œufs.

Quand j'arrive à l'école, je ne vois Betty
Belhumeur nulle part.

Je me demande ce qui lui est arrivé. Elle n'est
jamais, absolument jamais en retard en classe.

À part quelques rares fois.

Peut-être a-t-elle attrapé la varicelle ou une
fièvre quelconque?

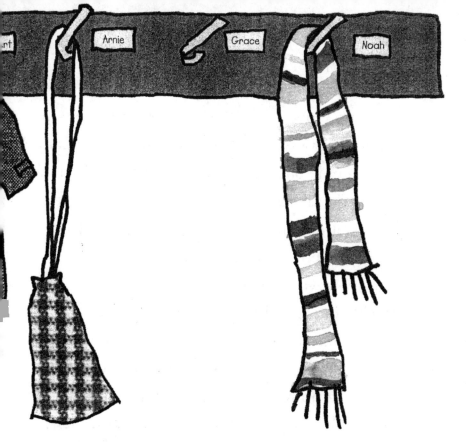

Grace Grapello n'est pas là non plus, hourra!
Le pire, c'est que je vais devoir annoncer à
Mme Wilberton ce sur quoi portera notre projet,
plus d'échappatoire possible. Je songe : « Que
ferait Ruby Redfort en pareille situation ? »
Ruby Redfort a toujours une réplique toute
prête quand Mme Drisco est sur son dos.

Elle dirait quelque chose du genre :

« Eh bien ! madame Drisco, la vérité c'est que je me promenais, plongée dans mes pensées, réfléchissant à ce qu'il y avait à faire, mais j'ai été assaillie par une meute de chats sauvages et, tandis que je me débattais, je me suis cogné la tête, alors je souffre maintenant d'amnésie. »

L'amnésie, c'est le fait d'oublier sa mémoire.

« Alors, vous voyez, madame Drisco, je suis incapable de vous dire sur quoi portera mon exposé, étant donné que cette information a été effacée de mon esprit. Et si vous ne me croyez pas, appelez notre majordome, Hitch. »

Et Mme Drisco répondrait peut-être : « Eh bien ! mademoiselle Redfort, je crois que c'est ce que je vais faire. »

Bien entendu, quand elle l'appellerait, Hitch lui dirait : « Oh ! oui, madame Drisco, j'ai bien peur que ce soit exactement ce qui s'est passé. »

Hitch couvre toujours Ruby.

J'aimerais bien avoir un majordome mais,

d'après Papa, ça coûterait très cher.

« Clarice Bean ! Pour la troisième et dernière fois, voudrais-tu, s'il te plaît, répondre à ma question ! »

Et avant que j'aie pu m'en empêcher, je réponds : « Hmm, c'est… c'est quoi déjà la question, madame Drisco ? »

Mme Wilberton me toise de ses yeux sévères et lance : « Eh bien ! ma petite demoiselle, peut-être est-ce trop demander à ta petite mémoire, mais tout le monde ici sait que mon nom est madame

W.I.L.B.E.R.T.O.N.
Ça se prononce Wilberton. »

Mme Wilberton dit encore : « La question portait sur le sujet de ton exposé littéraire et sur ta participation au concours. »

Je baisse les yeux vers mon pupitre, vers mon livre RUBY REDFORT TRIOMPHE, et je m'apprête à servir à Mme Wilberton l'excuse de l'amnésie quand soudain les mots surgissent accidentellement

de ma bouche. Je n'avais pas prévu cette réponse,
mais comme Ruby Redfort aime le répéter :
« Quelquefois, la réponse est sous votre nez. Et
quelquefois, il faut inventer une réponse, même
si cette réponse n'est pas tout à fait la bonne. »
Ce que je dis, c'est : « Oui, madame Wilberton,
Betty Belhumeur et moi allons faire un exposé
sur Ruby Redfort, agent secret et as détective. »
Tous les autres élèves sont plongés dans un silence
hébété, parce qu'ils auraient aimé y avoir pensé
les premiers.

Mme Wilberton est plongée dans un silence hébété,
parce qu'elle ne croit pas que ce soit une si bonne
idée.

Je le devine à la voir pincer les lèvres, et aussi
parce qu'elle finit par dire : « Je ne crois pas que
ce soit une si bonne idée. »

Elle dit : « Que crois-tu donc avoir appris dans
ces livres, au juste ? »

Voilà le piège : je ne peux prétendre avoir appris
quoi que ce soit dans ces livres.

Mais je suis certaine que Betty trouvera quelque chose.

Je retourne à la maison dans un état
d'excitation absolue.

Ruby Redfort était ravie! Elle avait triomphé de cette Mme Drisco. Enfin, cette fois en tout cas.

Mme Drisco avait décidé de tout mettre en œuvre pour empêcher Ruby de se faire élire présidente de la classe et d'apporter des changements à l'uniforme de l'école ou à l'heure des repas, comme tout le monde le réclamait.

À mon arrivée à la maison, je téléphone à Betty pour lui annoncer la bonne nouvelle, mais personne ne décroche.

Je commence à m'inquiéter sérieusement.

Et si toute la famille Belhumeur était alitée, atteinte de la varicelle?

Mais même si c'était le cas, ils pourraient toujours répondre au téléphone puisque chacun

a un combiné dans sa chambre à coucher
pour les urgences comme la varicelle.

J'entends encore ce jappement, il vient cette fois
de la chambre de Grand-P'pa, et je sais sans l'ombre
d'un doute que ce n'est pas Ciment parce que
Ciment ne jappe pas. Et puis, Grand-P'pa est sorti
le promener, il a laissé une note.

Je regarde par le trou de la serrure et je crois bien
voir quelque chose bouger, mais ce n'est pas Crépu,
notre chat, parce qu'il est à mes pieds.

Quelque chose ne va pas.

Je décide de jeter un coup d'œil rapide dans
sa chambre, mais à ce moment précis j'entends
Grand-P'pa ouvrir la porte d'entrée. J'empoigne
le téléphone et fais semblant de parler à
Mme Stampney, notre voisine.

C'est en plein le genre de chose que ferait Ruby
Redfort.

L'ennui, c'est que Grand-P'pa m'a entendu faire
semblant de bavarder avec
Mme Stampney que, soit dit

en passant, je n'aime pas du tout. Alors Grand-P'pa, pour une raison qui m'échappe, me demande de demander à Mme Stampney s'il peut emprunter son deuxième panier pour chien. Je vais donc devoir appeler Mme Stampney pour de vrai, sinon il découvrira le pot aux roses.

Ça, ça n'arriverait jamais à Ruby Redfort.

C'est là que Grand-P'pa m'annonce : « Oh, pendant que j'y pense, ta copine Betty a téléphoné ce matin. »

Anxieuse, je demande : « Est-ce qu'elle a laissé un message ? »

Et il répond : « Elle a dit qu'il fallait qu'elle se presse. Je n'ai pas très bien compris ce qu'elle racontait parce que la communication n'était pas très bonne. »

Se presser? Pourquoi Betty Belhumeur devait-elle se presser?

Y avait-il quelqu'un à ses trousses?

Après le souper, j'ai hâte de retourner à mon livre. Je ne peux pas m'asseoir pour lire dans la salle de séchage parce que, mystérieusement, ma lampe de poche a disparu. Me l'aurait-on volée?

Quoi qu'il en soit, je devrai lire dans ma chambre. En arrivant à ce passage – c'est très excitant – je suis littéralement tenue en haleine par le livre.

> La nuit tomba comme une cape sur la cité. Pas la moindre étoile ne scintillait. On aurait dit qu'il n'y avait plus de ciel du tout.

Vous voyez, c'est déjà très captivant.

> Étendue sur son lit, Ruby Redfort mangeait de la pizza et buvait du coca. Elle n'avait toujours pas retiré son uniforme d'école et portait encore ses souliers hideux.

Ma mère deviendrait absolument folle si je m'étendais sur mon lit sans avoir retiré mes chaussures.

Sur le téléviseur géant équipé d'un système de cinéma maison, il y avait l'émission préférée de Ruby Redfort, *Sacrés limiers*, mettant en vedette Dirk Draylon, sans doute le plus bel homme de la planète.

Quelqu'un cogna poliment à la porte.

— Entrez, lança Ruby, la bouche pleine de pizza.

La porte s'ouvrit pour laisser entrer son ami et majordome adoré, Hitch.

Sur un plateau d'argent, il y avait un rutilant téléphone rose. Ce n'était que l'un des nombreux téléphones de Ruby Redfort.

— Un certain M. Hogtrotter pour vous, mademoiselle Redfort. Il a beaucoup insisté pour vous parler.

Ruby se redressa soudainement. Le verre de cola tomba sur le plancher.

Elle prit le combiné et, avec une décontraction étonnante, dit : « Ça fait un bail, Porky. J'aurais cru que vous aviez déjà pris votre retraite. »

— Moi, jamais, mademoiselle L'Enfant prodige, répondit la voix haut perchée et pourtant inexplicablement menaçante.

— Alors, que voulez-vous cette fois ? Je n'ai pas envie de palabrer, ma pizza refroidit...

— Ne t'inquiète pas, je serai bref... J'ai seulement pensé que ça t'intéresserait de savoir que Dirk Draylon sera peu visible au petit écran, ces jours prochains, car il travaille pour un de mes amis... Quelqu'un que tu n'apprécies guère.

Sur ces mots, il raccrocha.

« Je refuse de le croire ! songea Ruby. Pas... » Elle n'arrivait même pas à prononcer son nom en pensée. « Non, jamais Dirk Draylon ne travaillerait pour... c'est inimaginable ! Impossible ! Hors de question ! »

Ruby raccrocha et dit :

— Hitch, je vais avoir besoin de mon équipement de plongée.

Je me lève pour éteindre la lumière et, devinez
quoi, je vois Grand-P'pa marcher à pas de loup
dans le jardin, pantoufles aux pieds.
Et ma lampe de poche en main, le chenapan!
Rendu au cabanon, il ouvre la porte et entre.
A-t-il perdu l'esprit???

Qu'est-il
en train de manigancer?

Peu importe ce qu'il mijote, c'est manifestement
quelque chose d'étrange, et j'ai bien l'intention d'en
connaître le fin mot, serait-ce la dernière chose
que j'accomplirai de mon vivant. Je dois retourner
rallumer la lumière pour noter tout ça dans
mon petit calepin.
J'aimerais bien avoir un magnétophone miniature
comme celui de Ruby Redfort – ça me
simplifierait le travail et, avec ça, pas besoin de
se lever pour allumer et éteindre la lumière.

Jeudi

Aujourd'hui, j'ai mon cours de natation. Je n'aime pas beaucoup y aller, il fait un peu froid. J'y vais uniquement parce qu'on peut avoir des croustilles après.

Je ne suis pas très bonne nageuse – je ne pourrais pas plonger en pyjama pour récupérer une brique, par exemple.
Betty Belhumeur, si.

Mais je ne suis pas certaine qu'il faille apprendre à récupérer une brique en pyjama parce qu'il est plutôt rare qu'on porte son pyjama quand c'est le temps de secourir quelqu'un.

C'est une urgence très rare.

Betty Belhumeur a des lunettes de plongée et tout le tralala, ce qui fait qu'elle ira peut-être même aux Jeux olympiques – elle a un écusson. Robert Granger nage comme un chiot. Il fait beaucoup d'éclaboussures. Parfois même il nage avec les pieds au fond de la piscine.

Quand je plonge, on dirait plutôt que je tombe avec
les bras tendus, mais ça marche.
M. Patterson dit que mon style s'appelle
«faire un plat».

M. Patterson a la mine basse parce que
Betty Belhumeur est absente du cours de natation
et qu'elle est le grand espoir
de notre équipe.

J'ai la mine basse parce que Betty Belhumeur
me manque et que je n'ai
aucune idée de l'endroit
où elle se trouve.

La seule chose intéressante qui s'est produite aujourd'hui,
c'est quand Karl Wrenbury a pourchassé Toby Hawkling
autour de la piscine
en essayant de baisser son maillot pour rire.

Mais Karl est

t o m b é

dans

la

p a r t i e profonde.

Il
allait

se noyer,

alors M. Patterson
            a dû ôter
                    ses
                    sandales
            et plonger, en short !

Ensuite, il a déclaré :
« Voilà pourquoi le règlement
                    interdit de cabotiner
            autour de la piscine ! »
Et il a ajouté :
« La prochaine fois, peut-être que Karl Wrenbury
                    ne sera pas aussi chanceux
            et qu'il y laissera sa peau. »
C'était un moment intense. Quand je suis
rentrée à la maison, j'ai fait un dessin de Karl
Wrenbury sur le point de se noyer et l'ai envoyé
à Grand-M'man – elle aime bien que je la tienne
au courant des faits divers.

Avant d'aller au lit, j'essaie à quelques reprises d'entrer dans la salle de bains pour me brosser les dents. Mais, mystérieusement, c'est toujours occupé. Je décide d'attendre près de la porte, avec mon livre.

Ruby se laissa tomber du hors-bord et s'enfonça dans les eaux calmes et noires comme du velours.

Elle nageait sans effort. Seules quelques bulles autour d'elle témoignaient qu'elle était humaine et non poisson.

Enfin elle l'aperçut. Une lueur indistincte... un hublot.

Tandis qu'elle approchait, une porte circulaire s'ouvrit en coulissant et Ruby s'y engouffra.

Une fois à l'intérieur, elle sortit de l'eau en gravissant une échelle pour déboucher dans une pièce d'un blanc étincelant où elle retira son habit de plongée et enfila des vêtements secs.

Une voix provenant d'un interphone l'accueillit.

— Bonsoir, Ruby. C'est toujours un plaisir de vous voir. Mais je devine qu'il ne s'agit pas d'une visite de courtoisie.

— Non, on peut dire que j'ai besoin d'aide. Il se passe des choses de plus en plus bizarres à Twinford ces temps-ci, et je ne peux m'empêcher d'y voir la marque de qui vous savez.

Il y eut une pause.

— En êtes-vous sûre ?

— À vrai dire, c'est plutôt une intuition : j'ai l'impression de reconnaître sa signature. Vous savez, des gens qui se comportent de manière étrange, des choses qui ne sont pas tout à fait ce qu'elles devraient être... Je ne sais pas trop. Seulement, j'ai le drôle de pressentiment qu'il va se produire quelque chose. Et, vous savez, mes pressentiments...

— Oui, répondit la voix. D'ordinaire, ils s'avèrent justes.

J'attends vraiment longtemps… puis la porte
de la salle de bains s'ouvre enfin.

Et devinez qui en sort?

Kurt!

Faire sa toilette n'est pas du tout normal pour
lui. Maman prétend que l'hygiène et Kurt, ça fait
deux. Car une bonne hygiène implique de l'eau
et du savon.

Il dégage une odeur agréable, et non plus son
habituel parfum de champignon vénéneux.

Vendredi

Ce matin, les choses
me semblent plus louches
que jamais et je sens
qu'il y a anguille sous
roche. D'abord, je ne
trouve plus ma brosse à
cheveux. Portée disparue.
Maman se comporte de
manière bizarre. Elle me

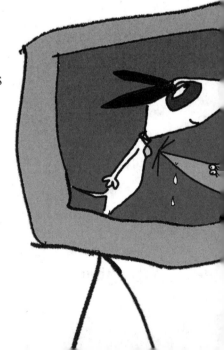

laisse manger mon bol de céréales devant la télé, ce
que d'habitude elle interdit pour éviter d'éventuels
dégâts – les taches de lait sur les fauteuils sont
si difficiles à faire disparaître…

Je suis contente parce qu'on passe **Dippy le chien
et son copain Dribble** à la télé. C'est un dessin
animé absolument amusant, qui raconte les
aventures d'un chien idiot et de
son copain, un rat qui bave tout le temps.
J'aurais aimé avoir cette idée de dessin animé.
Les concepteurs de la télévision ont tellement
de bonnes idées, j'imagine qu'ils ne font que
ça de leur journée – penser, penser pour
trouver des idées.

Imaginez : être payé pour penser. J'adorerais
travailler dans ce domaine.

Des idées, j'en ai des tonnes.

Je n'arrête absolument jamais de penser
à tout et à rien.

Je pourrais sûrement gagner des trilliards
de dollars par semaine juste pour mes idées.

Alors la sonnerie du téléphone retentit et j'entends
Maman : « Oui ? Ah ! vraiment ? Oh, non ! Quoi ?
Oh, mon doux ! J'arrive tout de suite. »

Et puis Maman s'écrie : « Clarice, Martin, vite !
Montez dans l'auto, vous allez être en retard
à l'école ! »

Je réponds : « Mais Maman, il n'est que sept heures
et demie ! »

Elle dit : « Eh bien ! imagine la surprise de Mme
Wilberton quand elle te verra arriver avant l'heure. »

Et je réplique : « Imagine la surprise
de Mme Wilberton si j'arrive en pyjama. »

Et elle me lance : « Eh bien ! tu as exactement
cinq secondes pour trouver ce qui ressemble
à un uniforme ! »

Je réponds : « Qu'est-ce qui se passe au juste ? »

Et elle rétorque : « Je n'ai pas le temps de t'expliquer,
presse-toi ! »

C'est vraiment très bizarre, non ?

J'arrive à l'école à sept heures quarante-cinq.

Il n'y a personne, à part la concierge qui m'offre

un biscuit chipé dans le placard du gardien.

Je lui demande ce qu'elle sait du mystérieux incident des manteaux déplacés. Elle me répond que M. Skippard a dû les changer de place quand les toilettes des garçons ont été inondées.

Tout était dans un état si lamentable que M. Skippard avait décidé de donner à toute l'école une fraîcheur printanière.

«Tout, absolument tout avait été nettoyé», affirme-t-elle.

J'espérais quelque chose un brin plus mystérieux que ça, mais je suppose que l'important est d'avoir résolu l'énigme.

Quand Mme Wilberton me voit, elle remarque que je suis à l'heure pour une fois, mais ne peut s'empêcher de me lancer un commentaire désobligeant sur le fait que j'ai omis de me coiffer.

Elle me lance: «Clarice Bean, on dirait qu'on t'a traînée à reculons dans une haie.»

Ah! comme j'aimerais que quelqu'un traîne

Mme Wilberton à reculons dans une haie.
Elle est aussi déplaisante que Mme Drisco,
et je ne serais pas étonnée d'apprendre un jour
que Patricia F. Maplin Stacey s'est inspirée
de Mme Wilberton pour créer Mme Drisco.

En classe, il y en a qui parlent de leur exposé.
J'essaie de ne pas parler du mien, parce que
je veux le garder ultrasecret au cas où qui vous
savez (ou d'autres dont je tairai le nom) me
copierait.
Si seulement Betty Belhumeur était là,
je pourrais lui parler en toute confidence.
Mais elle est encore absente.
Personne ne sait où elle est.
Grace Grapello n'a pas encore eu vent de mon
idée parce que, par bonheur, elle était sortie quand
j'en ai parlé.
Je sais que Bridgett Garnett compte présenter
en plein le genre de projet dont raffole
Mme Wilberton. Elle a choisi un livre intitulé

Le merveilleux monde d'Oz, qui porte sur l'Australie.
Dans son exposé, il sera question des kangourous
et de leurs coutumes.

Elle prétend qu'elle va passer une journée à
sautiller, juste pour savoir comment on se sent.
Andrew Hickley fait pareil, sauf que son exposé
à lui portera sur les wallabies*.

L'après-midi, j'ai encore plus de mal que
d'ordinaire à supporter Mme Wilberton.
Elle remarque que mon orthographe est un peu
inconstante et combien il est intéressant de
constater le nombre de manières différentes que
je peux imaginer pour écrire un même mot.
Elle me dit : « Continue d'y aller à l'aveuglette
et, d'après les lois de la probabilité, tu finiras
par tomber un jour sur la bonne orthographe. »
J'aimerais mieux être encore dans la classe

---

* Mot eora (d'une tribu originaire de la région de Sidney, en Australie), le terme
vernaculaire *wallaby* désigne une famille de marsupiaux regroupant plusieurs espèces
semblables à des kangourous, mais de plus petite taille. *(Note du traducteur)*

de mon ancien professeur, Mme Nesbit. Elle était vraiment gentille et elle vous disait « c'est bien », même si vous n'aviez qu'un peu essayé.

Aujourd'hui, faire de son mieux n'est jamais assez pour certaines gens (dont je tairai le nom qui commence par W).

Papa dit toujours que je devrais simplement m'efforcer de ne pas me faire remarquer de Mme Wilberton.

Je voudrais bien, mais COMMENT FAIRE, alors que je suis dans sa classe tous les jours ? J'aimerais être une adulte.

Papa dit : « Ce n'est pas plus facile pour les adultes. Il y aura toujours quelqu'un pour te faire la vie dure. »

Il prétend que son patron, M. Thorncliff, est insupportable et qu'il doit s'efforcer de rester hors de sa ligne de mire.

« Au moins, tu es payé même s'il te fait la vie dure, que je réponds. Moi, on me fait la vie dure et je n'ai pas de salaire ! »

Je ne peux pas me concentrer parce que je suis très occupée à imaginer que Mme Wilberton est un hippopotame, et j'écris :

Mme Wilberton est un hippopitame
Mme Wilberton est un hippopitame
encore et encore, sans
même y porter attention.
Ce que j'ignore, c'est
que Mme Wilberton
est debout derrière moi
et lit par-dessus mon
épaule. Elle demande :
« Quelqu'un dans la classe pourrait-il épeler correctement le mot hippopotame pour Clarice Bean ? » Évidemment, Robert Granger lève la main,

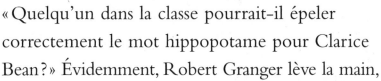

ce qui en soi est une farce parce qu'il est bien la dernière personne au monde à pouvoir épeler correctement le mot hippopotame.

Par bonheur, Mme Marse fait irruption dans la salle.

Mme Marse a l'air d'un hérisson en talons hauts. Elle dit : « Clarice Bean pourrait-elle venir au secrétariat ? Sa mère l'attend. »

Tout le monde me regarde sortir en se disant que je dois avoir quelque chose de bien important à faire pour manquer une moitié d'après-midi à subir les représailles de Mme Wilberton.

Déjà sur le point de partir, Maman arpente le terrain de jeu à grands pas et je dois presque courir pour la rattraper. Quand je monte dans l'auto, Martin est là à parler tout seul comme un vrai idiot. Maman dit : « Désolée de t'arracher à ta classe si tôt, mais tu ne croiras jamais la matinée que j'ai eue ! Il n'y aura

personne à la maison pour veiller sur vous
après l'école, alors il va falloir que vous restiez
avec moi. »

Elle ajoute : « Quand ce n'est pas l'un, c'est l'autre ! »

Je lance : « Où est Grand-P'pa ?
Pourquoi n'est-il
pas à la maison ? »

Maman répond :
« Grand-P'pa s'est fichu
dans de sales draps. »

Apparemment, on lui
aurait interdit de rendre
visite à son meilleur ami, Bertin-en-lin,
qui habite la maison de retraite Vertes
Feuilles. On aurait également demandé
à Bertin-en-lin de quitter Vertes Feuilles
puisqu'il ne peut manifestement pas
se conduire en aîné responsable
et se conformer au règlement.

Jusqu'à il y a deux semaines,
il vivait dans un studio

avec un pékinois et un berger allemand, mais
des gens bien informés ont prétendu que gravir
les escaliers était devenu trop ardu pour lui et
qu'il valait mieux l'installer dans une maison de
l'âge d'or où il serait surveillé vingt-quatre heures
sur vingt-quatre.

C'est pour son

propre bien.

Bertin a alors dit que le déménagement ne
le dérangeait pas, au contraire, et que ce serait
agréable qu'on lui prépare ses repas. De toute
manière, il se nourrit essentiellement de fromage
sur des toasts et parfois de fromage tout court.
Mais le problème, c'est que les chiens et les chats
sont absolument interdits à Vertes Feuilles.
On vous permet seulement d'avoir une perruche.
Maman dit : « Tout le monde croyait que Bertin
avait donné ses chiens à Mme Cartwell. »
Mais un certain individu répondant au nom
de Grand-P'pa gardait Flossie le berger allemand
dans le cabanon de notre jardin et Ralph

le pékinois dans sa chambre. Chaque soir, il les amenait en douce dans la chambre de Bertin à Vertes Feuilles.

Puis chaque matin il allait les chercher et les ramenait à la maison.

Malheureusement, Ralph s'est échappé et a mâchouillé la perruche de Mme Perkins, Olive, jusqu'à ce qu'elle en meure.

Mme Perkins a porté plainte contre Grand-P'pa et Bertin, et maintenant Maman doit payer les pots cassés.

Il nous faut attendre dans le corridor tandis que Maman essaie de désentortiller toute cette histoire et de trouver à Bertin un endroit où habiter avec ses animaux.

Plus facile à dire qu'à faire, cependant.

Bertin n'a pas de famille, sauf un fils dont il n'est pas proche et qui vit en Alaska. Selon Maman, il faut que quelqu'un vienne à sa rescousse.

Martin passe une heure entière à s'amuser sur le tapis avec une voiture en rouleaux de papier hygiénique. Par bonheur, j'ai mon livre avec moi.

Ruby Redfort rentra à la maison après une journée longue et ardue à l'école. Elle envoya voler ses souliers et courut vers la cuisine à l'étage.

Mme Redfort était là, s'affairant à ses affaires habituelles, et M. Redfort lisait les nouvelles du sport.

Hitch préparait des cocktails aux fruits sophistiqués. Après avoir capté l'attention de Ruby, il lui désigna sa montre d'un geste discret. Ruby acquiesça de la tête.

Le temps filait. Hitch et Ruby étaient attendus au quartier général à dix-sept heures précises.

— Bonjour, Maman. Bonjour, Papa! Je dois courir travailler sur ma leçon d'histoire. Vous savez ce que c'est, les devoirs.

— Bien sûr, ma chérie. Je suis heureuse de te

voir aussi préoccupée par tes études. Qu'est-ce que tu étudies, ces jours-ci ? s'enquit sa mère.

— Tu sais, un tas de trucs, répliqua Ruby, évasive.

Heureusement, le téléphone sonna et Sabrina Redfort entama avec Mme Irshman une conversation sur les arrangements floraux.

— Vite, Ruby ! chuchota Hitch. Nous n'avons pas beaucoup de temps. Je dois vous amener au quartier général avant que...

— Oh ! Ruby ma douce... commença son père, mais Ruby était déjà presque arrivée à sa chambre.

— On se voit plus tard, Papa. Je dois étudier !

— Mais Ruby ! poursuivit son père. Il faut que tu saches, ta mère et moi apprécierions vraiment que tu te joignes à nous pour le souper ce soir. Nous avons invité Marjorie, Freddie et leur fils, Quentin. Le souper sera servi à vingt heures. Oh ! et, mon amour, enfile quelque chose de joli.

— Mince ! soupira Ruby, à mi-voix.

En plus du casse-tête de devoir revenir à l'heure, elle allait devoir se taper ce casse-pieds de Quentin !

M. et Mme Redfort ne savaient rien de la double vie de Hitch, comme acolyte d'agent secret. Ils n'avaient même pas idée que son travail de majordome n'était qu'une couverture.

De retour à la maison, surprise :
Kurt nous a préparé à souper.

Pour être franche, ce n'est pas si mauvais. Mais je ne peux m'empêcher de remarquer que mon frère s'est coiffé. Kurt n'a pourtant pas de brosse ! Je suis prête à parier qu'il a pris la mienne, le fripon.
Ça me préoccupe tellement que j'en oublie presque cette lettre, sur la table, qui m'est adressée personnellement.
Je l'ouvre sur-le-champ.

À l'intérieur se trouve une carte postale de Patricia F. Maplin Stacey, qui la représente vêtue d'un tailleur-pantalon. On peut voir la même photo au dos de tous les livres de Ruby Redfort.

Le petit mot se lit comme suit :

Chères Betty et Clarace,

Merci pour votre gentille lettre. En réponse à votre question, la prochaine aventure de Ruby paraîtra à l'automne. Le titre reste à déterminer.

Patricia F. Maplin Stacey espère que vous continuerez de lire ses livres et vous souhaite d'agréables moments de lecture !

Bien à vous,

Patricia F. Maplin Stacey
Créatrice des Aventures de Ruby Redfort

(Vous trouverez les détails pour joindre le *fan club* sur le site Internet de Ruby Redfort.)

J'espérais une lettre plus utile – ce n'est pas
du tout ce à quoi je m'attendais et je doute que
Patricia F. Maplin Stacey ait elle-même écrit
le petit mot.

Il a été tapé à la machine et il y a une faute
dans mon prénom. Or, je suis certaine que Patricia
F. Maplin Stacey ne fait jamais de fautes
d'orthographe.

Après avoir appris les détails de l'horrible journée
de Maman, Papa rigole : « Ouais, Grand-P'pa
t'a fait passer une vraie journée de chien ! »
Maman réplique : « Je ne trouve pas ça drôle,
pas du tout ! »

Samedi

J'ai tout le Week-end devant moi pour
m'inquiéter de ce qui est arrivé à Betty Belhumeur.
Et la première chose que je fais ce matin, c'est
de m'éveiller à sept heures en redoutant le pire.
J'ai d'abord pensé que Maud et Cedric avaient
placé Betty au pensionnat – j'ai lu dans les livres

que c'est ce que font les parents qui en ont assez
de leurs enfants.

Mais Cedric et Maud n'en ont pas assez de Betty :
ils l'emmènent avec eux absolument partout où
ils vont.

Et puis, Cedric et Maud sont eux-mêmes
introuvables et personne ne répond au téléphone.
Peut-être les Belhumeur doivent-ils se cacher
des autorités ? Ou peut-être Cedric a-t-il mis au
point une invention dont un mécréant a tenté
de s'emparer, obligeant les Belhumeur à disparaître
pour un temps, comme dans le roman SAUVE QUI
PEUT, RUBY ?

Ou peut-être ont-ils tous été capturés et,
s'ils ne révèlent pas une formule secrète à leurs
kidnappeurs, on les jettera dans un volcan en
ébullition, comme c'est arrivé à Ruby Redfort
dans MAIS OÙ ES-TU, RUBY REDFORT ?

Dans cette histoire, c'est au meilleur ami de Ruby,
Clancy Crew, de résoudre l'énigme de la disparition
de Ruby en suivant tous les indices.

Il arrive souvent à Clancy Crew d'avoir
à faire ça.

Même dans RUBY REDFORT TRIOMPHE, j'en suis
maintenant à un passage où Ruby semble avoir
disparu. Mais il n'y a pas à s'inquiéter, ça fait
partie de son travail d'agent secret.

Clancy Crew essayait de se rappeler tout ce
que Ruby lui avait dit durant leur conversation
téléphonique, l'autre soir. C'était la dernière fois
que Ruby et lui s'étaient parlé. Ruby avait-elle
tenté de lui dire quelque chose ?

Peut-être avait-elle été capturée par quelque
archivilain et qu'elle avait voulu communiquer
à Clancy son lieu de détention en langage codé.
Maintenant qu'il y repensait, Clancy trouvait
étrange que Ruby lui ait dit qu'elle mangeait
du tapioca en Asie. Ruby Redfort détestait le
tapioca – tout le monde savait ça ! Et pourquoi
en Asie, de toute manière ?

Dans l'histoire, Clancy pense vite et déduit que
«tapioca» signifie MAUVAISE NOUVELLE
(parce que le tapioca en est une si vous y êtes
allergique), que «en» signifie tout simplement «EN»,
et qu'«Asie» est l'acronyme de «Au Secours
Intramuros Emprisonnée».
Alors le message était le suivant:
MAUVAISE NOUVELLE. AU SECOURS!
JE SUIS PRISONNIÈRE EN VILLE.

C'était si rusé. J'aimerais comprendre
le langage codé!

En descendant au rez-de-chaussée, je reçois une
sorte d'indice. Il m'arrive par la boîte aux lettres.
C'est une carte postale avec une photo d'un
immeuble étrange, en forme de tire-bouchon,
avec ces mots:

Si seulement tu étais là!

Le coin est déchiré et je ne peux lire la signature.
Évidemment, ce pourrait être de la part de Betty,
parce qu'il y a un B et que je crois reconnaître

son écriture. Peut-être essaie-t-elle de me dire
quelque chose…

mais quoi?

Je cours vers Maman, mais elle est occupée
à bavarder avec Kurt.
Sans doute ne voyez-vous là
rien de bizarre, mais si vous
le connaissiez, vous sauriez
que Kurt ne bavarde jamais.

Dimanche

Je vais
chez mon amie
Alexandra Holker.
Entre deux pointes
de pizza, elle me raconte
ce qui s'est passé à l'école après
que j'ai dû partir de toute urgence.

À ce qu'elle me dit, Toby Hawkling et Karl
Wrenbury ont annoncé à Mme Wilberton

qu'ils feraient leur exposé sur le dictionnaire.
Et Mme Wilberton aurait dit quelque chose
comme : « Quelle idée extraordinaire, en effet ! »
Et Toby Hawkling de dire : « On va écrire un
tas de mots en caractères géants sur des cartons,
puis on va en tapisser les murs du corridor. »
Mme Wilberton répond : « Eh bien ! pour une
fois, Karl Wrenbury et Toby Hawkling, vous
avez mon approbation. »
Malheureusement, elle a changé d'idée en voyant
les mots qu'ils avaient choisis.
Elle leur a dit : « Eh bien ! étant donné votre grand
amour des mots, j'ai justement ce qu'il vous faut. »
Elle les a gardés en retenue à la récréation.
Et elle leur a fait écrire :

« Je ne suis pas grand
et je ne suis pas futé »

encore et encore, au moins une centaine de fois.
Elle a dit : « On ne doit pas les laisser travailler
en équipe : ils ne savent pas se conduire en enfants
raisonnables et matures. L'un est toujours en train

de relancer l'autre, et ils perdent leur temps
d'apprentissage en idioties de toutes sortes. »
Elle a ajouté : « S'ils ne peuvent se conduire
en bons garçons, alors tant pis, je ne les traiterai
pas comme de bons garçons. »
Puis elle a éclaté : « Je n'en peux plus ! Vous
m'entendez ? Je n'en peux plus ! »

Lundi

Je trouvais ça très drôle, jusqu'à ce que
Mme Wilberton annonce aujourd'hui : « Puisque
depuis quelques jours Betty a décidé qu'elle
ne se donnerait plus la peine de venir en classe,
eh bien ! Clarice Bean travaillera désormais
en équipe avec Karl Wrenbury. »
Évidemment, cette décision m'a absolument
catastrophée.

Ce n'est pas tout : lorsqu'une certaine personne
dont le nom commence par G, c'est-à-dire Grace
Grapello, apprend qu'on me permet de travailler
sur Ruby Redfort, elle se met à dire que de toute

manière c'était son idée à l'origine et que je la lui avais tout simplement volée. Et qu'elle aussi va faire un exposé sur Ruby Redfort.

Mme Wilberton s'y oppose : « En aucune façon, non, non ! »

Et elle ajoute : « En fait, je ne suis pas certaine que je laisserai qui que ce soit faire un exposé sur de pareilles bêtises. »

Mme Wilberton commence à se montrer très réfractaire à mon idée.

Elle affirme que « la série Ruby Redfort n'est pas un bel exemple de littérature contemporaine ».

Comment ose-t-elle prétendre ça ?????

Je proteste en expliquant que l'une de mes idées était de fabriquer des écussons avec les expressions fétiches de Ruby, qui en disent long et qui iraient à merveille sur des écussons que tous pourraient porter.

Des trucs comme : **Prends ça, scélérat !** ou

C'est mon nom, n'en abuse pas sinon…   **Va-t'en, chenapan !**   **T'es belle comme une aisselle !**

Mme Wilberton prétend que Ruby Redfort a l'esprit mal tourné et que de telles lectures ne conviennent pas aux jeunes filles. Elle dit : « Cette série encourage les mauvaises manières chez les filles et je préférerais que tu choisisses un autre sujet…

… le ballet, par exemple ! »

Elle ajoute : « Si tu insistes pour travailler sur ces livres, tu devras en discuter avec M. Pickering. Peut-être que lui saura te faire entendre raison. »

M. Pickering me dit : « Je n'ai pas d'objection à ce que tu fasses ton exposé sur les livres de Ruby, parce que le plaisir que l'on prend à lire est important. Je suis donc d'accord. Cependant, l'idée d'un exposé littéraire est de démontrer ce que la lecture t'a appris. Tu ne peux donc remporter le trophée et le prix mystère que si tu relèves ce défi. »

M. Pickering affirme aussi qu'il a hâte de voir ce que je vais présenter. Il me confie qu'il a acheté les volumes de la série Ruby Redfort à sa nièce et qu'il aimerait bien avoir du temps pour les lire lui-même – ils lui semblent tout à fait passionnants.

Et je réponds :

« Ils le sont. »

Au sortir du bureau de M. Pickering, je tombe sur Grace Grapello, qui me fait la grimace et me traite de copieuse.

Je lui balance :

« C'est toi qui veux me singer et tu le sais ! »

Et elle me crie : « Menteuse ! »

Et je réplique : « Bonne à rien ! »

Grace Grapello est mon ennemie jurée. Les raisons pour lesquelles elle est la personne que j'aime le moins à l'école, en dehors de Mme Wilberton, sont : (1) qu'elle est une petite je-sais-tout, (2) qu'elle est toujours à m'embêter avec ses

commentaires désobligeants et (3) qu'elle est
une vraie peste.

Une fois, elle a invité Betty Belhumeur à sa fête
d'anniversaire sans m'inviter, moi.

Elle n'est même pas l'amie de Betty.

Betty a répondu : « Non merci, Grace. Je vais
prendre le thé avec ma meilleure amie dans l'absolu,
Clarice Bean. »

Fin de la discussion. Et voilà pourquoi Betty
Belhumeur est ma meilleure amie dans l'absolu !

Maman dit : « Tu te heurteras toujours à des filles
comme cette Grace Grapello, j'en ai bien peur.
Je me souviens qu'à mon école il y avait cette
petite peste dénommée Félicité Marchmont. Elle
avait l'habitude de mettre de la gomme à mâcher
dans mes espadrilles et de répéter à tout le monde
que j'avais des poux. »

Maman prétend que la seule attitude à adopter
à l'égard de filles comme cette Félicité, c'est
la pitié.

Et que ces filles doivent être bien tristes pour que

leur seul plaisir consiste à susciter la haine absolue des autres.

Je lui réponds : «Je ne peux pas prendre Grace Grapello en pitié parce qu'elle est trop absolument horrible.»

Maman dit : «D'accord. Dans ce cas, imagine qu'elle n'est qu'une petite limace.»

À mon retour en classe, il me faut penser très fort au volet instructif de mon exposé. Je suis convaincue que les livres de Ruby Redfort sont très instructifs.

Ils le sont sûrement parce qu'ils racontent les aventures de quelqu'un de très futé et qu'ils ont été écrits par quelqu'un de sans doute très futé aussi.

Ce qui signifie que j'ai sûrement dû y apprendre quelque chose... mais quoi?

Pendant la récréation, je me replonge dans la lecture de RUBY REDFORT TRIOMPHE, pour voir si je peux y apprendre rapidement quelque chose.

Ruby tourna le coin de la rue et tomba nez à nez avec son ennemie jurée, Vapona Begwell, qui traînait près de la fontaine et discutait avec son amie, Gemma Melamare.

Elles parlaient des élections scolaires et se demandaient qui serait élu président de la classe.

— Du moment que ce n'est pas cette Ruby Redfort, je me fiche de l'emporter ou non, ricana Vapona.

— Oh! mais c'est sûr que c'est toi qui seras élue, Vapona, répondit Gemma, en tapotant son amie dans le dos.

— Hé, Gem, tu ne sens pas une odeur étrange? demanda Vapona de sa voix graveleuse, en faisant semblant de renifler. Oh! salut, Ruby, tu es là.

— Salut, la chenille, répliqua Ruby. T'es-tu regardée dans un miroir aujourd'hui ? On dirait que tu as quelque chose de bizarre sur le visage. Oh ! pardon, c'est seulement ton nez.

Après l'école, Karl Wrenbury vient me voir et m'annonce qu'il ne veut pas travailler sur un **stupide** livre pour filles qui raconte les aventures d'une **fille stupide**, parce que ce sera **vraiment trop stupide**.

Je réponds : « Ah, vraiment ? Comme ça, c'est stupide d'être un agent secret et de venir à la rescousse des gens au moyen de son intelligence et de gadgets à la fine pointe de la technologie ? Et je suppose que combattre de dangereux malfaiteurs et se promener en hélicoptère mauve c'est ennuyant, surtout aux yeux d'un gars qui vient à l'école sur son pauvre petit vélo ? » Et j'ajoute : « Pour ton information, Hollywood a l'intention d'en tirer un film ! »

Ça se voit qu'il est très impressionné !

Et après lui avoir parlé du visqueux Hogtrotter, cet archivilain, et raconté comment le méchant comte Von Vicomte avait voulu jeter Ruby Redfort et Clancy Crew dans un volcan en ébullition et comment Hitch les avait secourus à la toute dernière minute, Karl se montre soudain absolument enthousiaste.

Il dit que le passage sur le sauvetage ne l'intéresse pas trop mais que le reste a l'air vraiment bien. Je lui prête l'un de mes livres de Ruby, intitulé MAIS OÙ ES-TU, RUBY REDFORT ? Il doit cependant me promettre de ne pas laisser son chien le manger. Ensuite, je montre à Karl la carte postale des immeubles en tire-bouchon, dont tout plein d'indices portent à croire qu'elle a été envoyée par Betty Belhumeur. Il me répond qu'elle a sans doute été enlevée par des envahisseurs extraterrestres qui veulent conquérir notre monde. En plein le genre de chose que je redoutais. Alors, à mon retour à la maison, j'appelle Grand-M'man et elle me demande de lui décrire l'image sur la carte postale.

Elle ne dit rien pendant quelques minutes puis j'entends un étrange bruit d'étouffement.

Puis Grand-M'man me murmure, d'une voix un peu étrange : « Désolée, j'ai avalé de travers un petit bonbon à la menthe. Je vais devoir te rappeler. »

Et lorsqu'elle me rappelle, c'est pour me dire : « Tout porte à croire que notre amie Betty est en Russie. »

Mardi

Grace Grapello et Cindy Fisher annoncent qu'elles vont présenter l'histoire du ballet. Elles ont choisi un livre intitulé *La magie de la danse*.

Mme Wilberton semble absolument ravie. C'est exactement le type d'exposé littéraire qu'elle aime. Elle lance : « Eh bien ! les filles, j'ai très hâte de voir votre présentation parce que le ballet est l'une de mes passions. »

Grace Grapello me regarde avec un sourire visqueux qui me donne une vague nausée.

Mme Wilberton annonce à Toby Hawkling qu'il devra se joindre à leur équipe.

Il ne semble pas du tout réjoui.

Plus tard, lorsque je raconte ça à Grand-M'man, elle me dit : « Grace Grapello m'a l'air complètement désespérée. Elle ne reculera devant rien pour l'emporter. »

Aussi étrange que ça puisse paraître, Karl Wrenbury a quelques très bonnes idées pour notre exposé.

Il dit qu'il travaille sur un truc qui nous garantira la victoire et le trophée sur lequel tous, y compris Grace Grapello, pourront lire nos noms. Toby Hawkling joue la petite peste en embêtant Karl.

« Ha ! ha ! ha ! Tu travailles sur un livre de filles ! » ricane-t-il.

Karl lui répond : « Et alors ? Toi, tu vas faire du ballet. »

La mine basse, Toby rampe jusqu'à son pupitre.

J'ai invité Karl chez moi après l'école, mais il dit qu'il en a plein les bras avec la reconstitution d'une scène tirée d'un livre de Ruby Redfort.

Il viendra quand même passer à peu près
une heure et quart avec moi.

Karl est terriblement occupé.

Il est en train de construire une maquette du volcan
dans lequel le comte Von Vicomte se prépare à
jeter Ruby Redfort et Clancy Crew en leur disant:
«Adieu, mes agaçantes petites fouines!» avant
d'éclater de son rire menaçant.

Et Karl voudrait enregistrer un éclat de rire
menaçant qu'il ferait jouer en boucle sur un petit
magnétophone.

Tout ce qu'il lui manque, c'est le rire menaçant
à enregistrer.

Ce n'est pas aussi facile à trouver que vous pourriez
le croire.

Il avoue que «Ruby Redfort, ce n'est pas si mal,
pour un livre de filles!»

Je réplique: «Ruby Redfort, ce n'est pas seulement
pour les filles, c'est pour tout le monde!
M. Pickering lui-même a l'intention de les lire.»

Le soir, à la maison, Karl Wrenbury se révèle
tout à fait amusant.

Il est capable de rouler des yeux de manière à
donner l'impression qu'il regarde simultanément
dans deux directions.

Il dit à mon frère Martin qu'il peut même
lui montrer comment faire, s'il le désire.

Et il boit son jus d'orange par les narines
avec une paille.

Lorsque je raconte ça à Maman, elle me dit
que c'est sans doute extraordinaire, mais qu'il
ne faut pas forcément le faire à table.

J'insiste : « Tu devrais voir, c'est
absolument fantastique ! »

Maman dit qu'elle
apprécie ce qui est
étrange et merveilleux,
mais qu'elle ne sent pas
le besoin de voir du jus
d'orange monter dans la
narine de Karl Wrenbury.

Karl dit que, quand il sera plus vieux, il portera la barbe et aura au moins six chiens.

Après le départ de Karl, je me rends compte à quel point ce serait absolument génial si Betty Belhumeur revenait.

Elle aimerait beaucoup Karl Wrenbury, j'en suis sûre. Betty et moi, on s'amuse des mêmes choses.

Si ma mère et mon père étaient riches et avaient un majordome qui pouvait piloter un hélicoptère, je pourrais voler vers la Russie pour ramener Betty. Le père de Ruby, M. Redfort, est riche parce que c'est un multimillionnaire. Mme Redfort est une dame qui dîne à l'extérieur; elle ne s'affaire pas à grand-chose dans la vie, à part se faire donner des shampooings professionnels dans un salon de beauté, avant d'aller retrouver ses amies pour le dîner où elle leur dit des choses comme «Très chère, que c'est divin de vous revoir!» puis de rentrer à la maison, le temps d'enfiler sa robe de soirée, et de ressortir pour le souper.

Voilà l'essentiel de son emploi du temps.

Je demande : «Maman, pourquoi n'enfiles-tu pas une robe de soirée pour le dîner ?»

Elle me répond : «Je le fais, sauf qu'il s'agit d'une robe de chambre. Maintenant, dépêche-toi d'avaler tes haricots.»

Ma vie ne ressemble absolument en rien à celle de Ruby Redfort.

Mercredi

Karl et moi travaillons sur notre exposé.

Ce sera une réussite.

J'en suis certaine.

Toby Hawkling demande à Mme Wilberton s'il peut se joindre à nous ; il promet d'être absolument sage.

Mme Wilberton répond : «Jamais de la vie, Toby Hawkling.» Puis elle ricane.

Je n'aime pas quand Mme Wilberton ricane – ça me donne des frissons.

Karl songe à tous les gadgets et bidules qu'on peut fabriquer. Je n'ai alors plus qu'à emprunter

le rasoir électrique de mon père, le poudrier de
ma mère, un grille-pain et quelques autres trucs,
puis Karl transforme tout ça en appareils dignes
de Ruby Redfort, comme des télécommandes
spéciales, des émetteurs-récepteurs, des transmetteurs
et un tas d'autres machins aussi ingénieux !
Je me demande où Karl a appris tout ça. Moi,
je n'y connais rien.
Il me dit qu'autrefois son père lui enseignait le
bricolage. Mais ça, c'était avant qu'il ne disparaisse
Dieu sait où.
Il n'est jamais revenu.
Mais avant son départ, ils s'amusaient beaucoup
à construire des choses ensemble.
Aujourd'hui, Karl travaille seul dans l'atelier
de son père.

C'est une chance que Karl soit si futé, parce que
Maman est trop prise par son travail au centre
communautaire pour me donner un coup de main.
Elle dit que pour le moment tout le monde devra

s'arranger avec ses petits tracas tant qu'elle s'occupera
d'aider Bertin à se trouver un nouveau logis.

C'est important, je le sais bien, mais quand même
pas plus qu'un gilet sur lequel on a renversé de
la confiture et qu'il faut laver d'urgence.

Maman dit: « Demande à Grand-P'pa de te montrer
comment faire. »

J'obéis et, lorsque je retire mon gilet de la machine à laver, il a rétréci à la taille d'une mitaine. Comme par magie.

Les corvées domestiques, ce n'est vraiment pas le fort de Grand-P'pa. Enfin ce ne l'est plus depuis que tout dépend de la technologie et tout le tralala.

Autrefois, la lessive impliquait deux mains, un bout de savon et beaucoup de frottage.

Aujourd'hui, je dois nettoyer le lavabo, c'est l'une de mes responsabilités.

Pouvez-vous vous imaginer Ruby Redfort en train de nettoyer le lavabo?

Bien sûr que NON, puisque Mme Digby s'occupe de ses moindres besoins.

Ruby Redfort est bien trop occupée à résoudre des affaires criminelles pour perdre son temps à récurer le lavabo.

Maman me jure que si je me plains encore, elle me fera aussi laver la cuvette.

Je songe à téléphoner à la Direction de la protection de la jeunesse.

La différence entre mes parents et ceux de Ruby, c'est que la mère et le père de Ruby lui procurent

tout ce qu'il lui faut,
      ce qui veut dire pas mal de choses.
        Et les miens,
    non.

Une fois le nettoyage terminé, je retourne
à ma chambre.
J'essaie de m'isoler pour réfléchir et dénicher
des réponses à des questions fondamentales.
Mais ce petit minable de Martin s'amène, comme
d'habitude, en baragouinant des trucs insensés.
L'avantage d'être enfant unique, c'est d'avoir
sa propre chambre où aucun cornichon ne vient
jamais vous déranger.
Et puis j'aurais plus aisément un supplément
d'argent de poche pour commander la nouvelle
montre-détecteur de mensonge étanche de Ruby
Redfort, qui coûte plus de cinquante dollars !
Elle vous dit si la personne qui la porte au
poignet ment parce que, quand on ment, le pouls
accélère et la montre se met à faire bip !

Betty pense que ça ne marche pas en réalité parce que le pouls d'une personne qui a couru est toujours très rapide.

Alors il faut se demander : « Cette personne vient-elle de courir, ou est-elle en train de mentir et d'essayer de faire croire qu'elle a couru ? »
Mais comment le savoir ?

Betty dit aussi que la montre n'est pas vraiment étanche.

Tout de même, elle est formidable parce qu'il y a une image de Ruby Redfort au milieu du cadran et que les aiguilles ont l'air de lui sortir du nez. En plus, la petite aiguille représente une

mouche.

L'autre truc qui me tracasse, c'est Betty : peut-être qu'elle est simplement partie en vacances en Russie et qu'elle n'a pas été enlevée par des extraterrestres. Mais si elle est seulement en vacances, pourquoi n'a-t-elle pas pris la peine de me dire qu'elle s'en allait ?

Ruby Redfort était assise dans son fauteuil de méditation spécial, sur le toit.

Mme Digby lui avait préparé un breuvage supermultivitaminé pour aider son cerveau à réfléchir plus vite.

En le sirotant, elle inspectait son nouveau gadget. Contrôle le lui avait donné quand elle avait été convoquée au QG.

Le dispositif s'avérait assez intéressant. Il s'agissait d'un petit sac à dos qui se dépliait pour former une paire d'ailes juste assez grande pour une fillette de onze ans. Elles étaient d'un modèle inédit, tout frais sorti du labo. Cela signifiait que si jamais Ruby se retrouvait en mauvaise posture, disons coincée au dernier étage d'un immeuble, elle pourrait tout simplement sauter et planer en toute sécurité jusqu'au sol. Qui sait ? Une telle situation pouvait se présenter à tout moment...

Jeudi

J'ai peine à le croire. Devinez qui vient de réapparaître à l'école? Betty Belhumeur, avec sur la tête un chapeau à oreillettes. Elle m'a expliqué qu'elle était partie en Russie parce que sa mère, Appelle-moi-Maud, devait se rendre au lancement de son dernier livre là-bas, et que, absolument à la dernière minute, Maud et Cedric s'étaient dit: «Ce serait quand même bien d'emmener Betty avec nous!»

Betty ajoute qu'il est assez rare de se faire inviter
en Russie et que, si jamais quelqu'un vous l'offre,
il faut

absolument
dire oui.

J'ai tellement hâte de lui parler de l'exposé! Je
lui dis: «Devine sur quoi portera notre exposé.»
Je n'attends même pas qu'elle le devine.
Je dis simplement: «Ruby Redfort, as détective!»
Betty trouve que c'est une idée géniale.
Et elle a raison, bien entendu.
Betty dit qu'en Russie aussi tout le monde lit
les livres de Ruby Redfort, mais qu'en russe Ruby
porte un autre nom, plus russe.
Et puis Betty ajoute: «Tu ne le croiras pas, mais
devine qui j'ai rencontré en Russie. Patricia
F. Maplin Stacey!»
Et elle a encore raison: je n'arrive pas à y croire.
Alors Betty me montre une photo d'elle, debout
à côté de Patricia F. Maplin Stacey.
Ce qui prouve que c'est vrai.

Patricia F. Maplin Stacey ne ressemble pas à
la photo de la couverture de ses livres. Elle est
plus vieille et ne porte pas de tailleur-pantalon.

Je la trouve
moins grande,
aussi. Et Betty
d'acquiescer :
« Oui, c'est
étrange. »
Puis elle
m'invite à
passer chez
elle après
l'école parce
qu'elle m'a
rapporté
un cadeau
de Russie.

J'ai absolument hâte de le déballer, mais je me
rappelle que je dois rencontrer Karl pour travailler
à notre exposé.

Quand je l'annonce à Betty, elle me dit : « Mais pourquoi fais-tu équipe avec Karl Wrenbury ? Tu devais travailler avec moi. »

Alors je lui dis que c'est Mme Wilberton qui a eu cette idée, et pas moi. Et que je ne voulais pas faire un exposé avec Karl Wrenbury, mais qu'il s'est révélé plutôt bon, qu'il a eu plein d'idées et qu'il est plutôt gentil, bien plus qu'on se l'imaginait.

Betty dit : « Mais Karl Wrenbury est toujours à faire l'idiot et il fiche toujours tout par terre. »

Je réponds : « Mais il a conçu des gadgets absolument étonnants.

C'est vrai.

Et je pense que tu vas

vraiment l'aimer.

Il est absolument drôle

et il peut boire du jus d'orange par les narines ! »

Betty réplique :

« Eh bien !

si tu l'aimes tant que ça, Karl Wrenbury,

fais-le donc avec lui, ton stupide exposé sur Ruby Redfort. »

Je n'en crois pas mes oreilles. Jamais auparavant Betty Belhumeur n'aurait parlé de Ruby en ces termes.

Je proteste :
« C'est toi qui es
                    partie comme ça
sans prendre la peine de me dire
que tu t'en allais. »

Et elle réplique :
« Je te l'ai dit, pourtant !
                Je t'ai laissé deux messages !
Dont l'un
        depuis un téléphone
en Russie ! »

Et je crie :
        « Ah oui ?
Eh bien ! Comment se fait-il
            que je ne les aie
        jamais eus ? »

Et elle crie :

«Eh bien! Demande à ton frère Kurt
et à ton grand-père,
ils te diront que
c'est la vérité.
Et je t'ai même envoyé
une carte postale
de Russie!
Mais peut-être que
je n'aurais pas dû
me donner cette peine!»

Alors Mme Wilberton se met à crier à son tour :

«Voulez-vous bien baisser le ton,
vous deux!
Nous ne tolérons pas
les cris
dans cette école.»

J'ai envie de lui faire remarquer qu'elle est
elle-même en train de crier, mais je m'abstiens.
Betty ne me parle plus de la journée. Nous
ne nous étions pourtant jamais querellées, avant.

Sauf une fois, quand j'avais mangé le beignet dans sa boîte à lunch par accident.

Je n'arrive pas à y croire.

C'est la chose la plus absolument cauchemardesque qui me soit jamais arrivée de toute ma vie.

Je reviens à la maison toute seule, le cœur en deuil.

Et je repense à la carte postale qui me venait – ainsi que je l'avais supposé – de Betty et au message que notre chien Ciment avait mâchouillé, de Betty lui aussi.

Et au message dont Grand-P'pa n'arrivait pas à se souvenir correctement, provenant également de Betty qui se trouvait en Russie à ce moment-là. Betty a raison : elle avait véritablement essayé de me prévenir.

J'essaie de lire RUBY REDFORT TRIOMPHE pour me remonter le moral, mais je me sens presque trop mélancolique.

— Bon sang, Ruby! Que s'est-il passé ici, d'après toi?

Ruby Redfort et Clancy Crew regardaient les restes de ce qui avait été le bureau de M. Crew.

Son coffre-fort avait été forcé et tous les documents importants et confidentiels qu'il contenait avaient disparu.

— On dirait que vous avez été cambriolés, observa Ruby. Tu crois qu'ils ont trouvé ce qu'ils cherchaient?

— Oublie ce qu'ils ont volé. Que crois-tu que ceci fait là?

Clancy Crew avait le regard fixe. Il ne savait que penser.

Il avait en main un veston. Non pas un veston quelconque, mais celui que Dirk Draylon portait toujours dans *Sacrés limiers.*

— Dirk Draylon n'aurait jamais fait ça, qu'en penses-tu, Ruby? Je veux dire, ce n'est pas son genre, il me semble...

— Tu as raison, Clancy. Il y a anguille sous

roche, si tu vois ce que je veux dire. Je parie
un million de milk-shakes que c'est un coup
monté. Quelqu'un veut nous faire croire que
Dirk est impliqué là-dedans. Oh! qu'il y a
anguille sous roche!

Vendredi

Mme Wilberton arbore un visage livide
et annonce qu'elle en a plus qu'assez.
Elle dit que, cette fois, elle est sérieuse. Moi,
je me demande pourquoi elle s'énerve,
et aussi comment elle s'y prend pour
donner à ses yeux cette apparence
de boutons de bottines.
Plus je la regarde, plus je me dis
qu'elle pourrait être le méchant
comte Von Vicomte déguisé.
Elle et lui ont les mêmes sourcils,
j'en suis certaine… Je me
rappelle ce passage dans RUBY
REDFORT À LA RESCOUSSE où

Ruby se présente à une réception chez l'ambassadeur et y croise une vieille dame à l'air tout à fait inoffensif et pas du tout suspect. Mais Ruby Redfort se méfie. Elle tire sur le visage de la vieille, qui n'est qu'un masque, pour découvrir qu'il s'agit en fait du comte Von Vicomte, qui aussitôt pâlit de rage parce qu'il a été percé à jour. Sans doute est-ce aussi le cas pour Mme Wilberton. Peut-être que si je…

« Clarice Bean, tu me sembles très songeuse ; peut-être aimerais-tu partager avec nous ce qui te préoccupe ? »

Bien entendu, je ne crois pas que ce serait une bonne idée de dire à Mme Wilberton qu'elle a les sourcils d'un comte infâme. Alors je prends un air de chien battu.

Mme Wilberton ajoute : « Clarice Bean, j'ai fini de te le répéter : puisque ce que je raconte t'ennuie à ce point, peut-être t'intéresseras-tu davantage aux propos de M. Pickering!»

J'attends à la porte du bureau de M. Pickering pendant approximativement vingt-trois minutes. Je commence à mieux comprendre comment on se sent quand on s'appelle Karl Wrenbury. Je fixe une affiche où est inscrit **PÉRILS EN LA DEMEURE**. Elle représente une dame, debout sur un tabouret pas trop solide, qui s'affaire à changer une ampoule tandis qu'elle est distraite par un bébé qui s'amuse avec une paire de ciseaux. Karl Wrenbury a dû la regarder souvent, cette affiche.

Enfin, Mme Marse ouvre la porte et dit : «M. Pickering est occupé à traiter des dossiers importants. Il n'aura pas le temps de te recevoir.» Alors je retourne en classe.

Mme Wilberton se lance sur le sentier de la guerre : «Quelqu'un, et j'ai une petite idée sur l'identité du coupable, a volé le trophée destiné

aux gagnants de la compétition d'exposés ! »
Karl Wrenbury est renvoyé sur-le-champ !
Mme Wilberton dit que ce doit être lui le coupable.
D'ailleurs, en toute franchise, c'est toujours lui.
De plus, on l'a vu traîner dans les environs de
l'armoire où le trophée est toujours rangé. Et
maintenant le prix manque à l'appel. Nul besoin
d'être un génie pour deviner qui a fait le coup.
Mme Wilberton annonce que Karl ne participera
pas à la compétition parce qu'il a atteint un degré
de vilenie qu'on ne saurait tolérer.
Je suis absolument hors de moi parce que
maintenant je risque également de me voir
disqualifiée du concours.
J'ai perdu deux partenaires coup sur coup.
Si je n'y prends pas garde, je finirai jumelée
à Toby Hawkling.

Samedi
Mon week-end s'annonce absolument
épouvantable et morne parce que ma meilleure

amie, Betty Belhumeur, ne veut plus être
ma meilleure amie.

Et quand je vais chez Karl Wrenbury, il prétend
que, puisqu'il a été disqualifié, il n'a pas de temps
à perdre à terminer la maquette pour l'exposé.

Karl dit : « Ce n'est pas juste, je ne l'ai même
pas pris, ce trophée ! »

Je dis : « Vraiment ? »

Il dit : « Pourquoi volerais-je le trophée alors que
j'étais convaincu que nous allions le gagner ? »

Très bonne question, en effet.

D'autre part, Karl Wrenbury n'est pas du genre
à nier ses méfaits, au contraire, il est absolument
fier de ses mauvais coups.

De toute évidence, ce n'est pas lui le coupable.

Reste qu'il est désormais impossible pour moi
de remporter le concours.

Je n'ai pas de gadgets à la Ruby, rien qu'une
maquette à demi terminée. Et puis, d'abord,
je n'ai pas la moindre idée de ce qui, dans notre
exposé, pourrait constituer un aspect éducatif.

Je n'ai même pas encore fabriqué mes écussons avec les phrases fétiches de Ruby, qui auraient été absolument populaires.

J'ai envie d'abandonner.

De retour à la maison, j'appelle Grand-M'man. Je lui raconte l'histoire du trophée volé et lui dis que Karl, qui ne l'a probablement pas pris, est néanmoins accusé de ce crime. Il y a quelque chose

de terriblement suspect

et

d'absolument pourri

dans toute cette histoire.

Je conclus : « Ça ne tient pas debout, Grand-M'man. »

Voilà exactement ce qu'aurait dit Ruby Redfort si elle enquêtait sur cette affaire.

Et Grand-M'man répond : « Si Karl n'est pas le coupable, alors c'est quelqu'un d'autre, et la grande question est : qui ? »

Je réponds : « Oui, qui ? »

Et Grand-M'man s'écrie : « Mme Pinkerton ! »

Je demande : « Qui est Mme Pinkerton ?

Je ne crois pas qu'il y ait de Mme Pinkerton

à mon école. »

Grand-M'man s'explique : « Non, non. Je veux

dire que je suis attendue pour une partie de

cartes chez Mme Pinkerton. Et je suis en retard ! »

Elle ajoute : « Il faut que j'y aille, Clarice, mais

peut-être pourrais-tu le résoudre, ce mystère. »

Je réponds :

« Mais comment le pourrais-je ?

Je n'ai jamais
résolu de mystère. »

Grand-M'man me dit : « Tu dois bien avoir appris

une chose ou deux sur la résolution des mystères

en lisant les aventures de cette Ruby Redfort.

Tiens-moi au courant... » Et elle raccroche.

Je reste assise pendant des heures à réfléchir

aux paroles de Grand-M'man. Plus j'y pense,

plus je trouve qu'elle a raison.

Ruby Redfort a bien dû m'apprendre un tas de trucs sur la résolution des mystères et, si j'arrive à élucider cette affaire, alors je pourrai prouver que Karl Wrenbury n'est pas un voleur de trophée. Et si j'arrive à prouver qu'il n'est pas coupable, alors je pourrai prouver que j'ai bel et bien appris quelque chose à la lecture des livres de Ruby Redfort que Mme Wilberton aime qualifier de bêtises. Et qu'en fait, il s'agit de mines de bons conseils et de renseignements futés et utiles.

Je file à la salle de séchage.
La première chose à faire, c'est une liste.
C'est toujours par là que Ruby commence.
Elle utilise un ordinateur miniature pour écrire.
Mais un tel outil n'est pas absolument indispensable, et de toute façon je n'en ai pas.
Et puis, comme ça, je n'aurai pas besoin d'une loupe. Tant mieux, parce que ça ferait vieux jeu.
Je n'ai besoin que de mon intelligence, d'un crayon et d'un bout de papier.

Il faut maintenant consigner tous les indices.
Les plus essentiels sont les noms des gens
sur lesquels on a des soupçons.
On les appelle les suspects.
Mes principaux suspects sont Mme Wilberton
et Grace Grapello.
Mais bon, la coupable n'est sûrement pas
Mme Wilberton, même si c'est ce qui me ferait
le plus plaisir.

Toutes les pistes convergent vers Grace Grapello
parce qu'elle nous envie probablement beaucoup
notre idée et qu'elle se désespère de ne pas avoir été
aussi inspirée que nous. Mais Toby Hawkling ne
doit-il pas constituer mon troisième suspect? C'est
toujours bien d'inscrire trois noms sur une liste.
Trois : voilà un nombre satisfaisant de suspects.
Robert Granger n'a rien d'un suspect, parce
qu'il n'aurait jamais pensé à pareil mauvais coup.
Il ne prend jamais la moindre initiative, et puis
d'ailleurs c'est un vrai lèche-bottes.

Autre chose : je dois noter le moment où l'on a constaté la disparition du trophée.

Personne ne l'a vu dans son armoire vitrée depuis le grand ménage printanier de M. Skippard. Pour autant qu'on puisse en juger, on aurait pu le voler bien avant, par exemple au moment de l'inondation des toilettes des garçons il y a près de deux semaines. Voilà matière à réflexion, mais je tourne en rond, alors je décide de lire un peu pour me changer les idées.

Ruby Redfort réfléchissait.

Que signifiait tout cela ? C'était le moment de discuter de cette affaire avec son bon ami Clancy Crew. Clancy trouvait toujours de bonnes solutions.

Il était très brillant.

Ruby composa son numéro.

— Salut, Clancy, comment vas-tu ?

— Ruby ? J'espérais justement que tu m'appelles. Je suis coincé ici à un souper des plus soporifiques. Mon père reçoit un tas de célébrités et de membres du gouvernement, c'est à mourir d'ennui !

M. Crew était ambassadeur et invitait sans cesse à souper des invités de marque. Afin de projeter l'image d'un père de famille consciencieux, il insistait toujours pour que ses cinq enfants assistent à ces mondanités.

— Crois-tu que tu saurais t'éclipser ? demanda Ruby.

— Je ne crois pas, non. Penses-tu que, toi, tu pourrais me rejoindre ?

C'était soir de congé pour Hitch, et Ruby n'avait personne pour la conduire en auto chez Clancy, mais elle pouvait toujours y aller à vélo.

Évidemment, le vélo de Ruby Redfort n'était pas un vélo ordinaire ; il était équipé d'un téléphone, d'un propulseur à réaction et d'un système d'autodéfense.

— Je serai là dans cinq minutes, dit Ruby, et elle sortit de sa chambre par la fenêtre.

La personne à qui j'aimerais le plus parler, c'est
Betty Belhumeur, mais elle n'est plus mon amie.
Je dis à Maman que
tout est fichu,
que Betty et moi ne sommes
absolument plus
les meilleures amies du monde.
Et que plus rien ne sera plus jamais comme avant.
Jamais, au **grand jamais.**

Maman me dit : «Je crois que tu sombres dans
le mélodrame. Si Betty ne te parle plus, alors
peut-être bien que tu devrais aller lui parler, toi.
De vraies amies ne laissent pas une petite querelle
nuire à leur amitié. Sinon, personne ne se parlerait
jamais plus. »

Maman ajoute : «Va donc demander à Betty
si elle aimerait venir souper à la maison. On aura
peut-être de la saucisse. »

Je marche très lentement parce que j'ai un peu
la nausée ; je suis très inquiète à l'idée que Betty
Belhumeur me claque la porte au nez.

J'appuie sur la sonnette. Ce n'est absolument pas
une sonnette comme les autres.
Les Belhumeur l'ont ramenée d'Extrême-Orient.
Elle est faite de tubes en bois et produit donc
un bruit boisé.
Notre sonnette ne fonctionne qu'à l'occasion,
et on ne peut jamais prévoir quand.

Betty Belhumeur vient elle-même répondre
à la porte chaussée de pantoufles en fourrure.
J'imagine que ça vient de Russie.
« Allô, Clarice Bean », dit-elle, comme si de rien
n'était, alors qu'elle gigote pas mal.
Je réponds : « Allô, Betty. Aimerais-tu venir chez
moi pour le souper ? On aura de la saucisse. »
Betty demande : « Est-ce que Karl Wrenbury
sera là ? »
Je réponds : « Absolument pas. »
Betty dit : « D'accord, je viendrai vers six heures. »
Ensuite, je retourne à la maison. Je me sens
un peu mieux, même si j'ai remarqué qu'elle

ne m'a pas donné mon cadeau rapporté
de Russie.

Revenue chez moi, je me fais presque renverser
dans le vestibule par la meute de chiens qui
vivent maintenant chez nous.
Ils aboient constamment et Maman dit qu'elle
est à bout de nerfs.

Papa prétend qu'il n'a jamais eu autant envie
de retourner au bureau de toute sa vie.

Maman dit que Grand-P'pa ferait mieux de
leur trouver un refuge, c'est-à-dire aller vivre
à l'extérieur de cette maison.

Je vais à la cuisine et j'y trouve Chloé Brownling,
l'une des copines de Marcie. C'est étrange parce
que Marcie n'est pas là ; il y a seulement Kurt
et Chloé, tout seuls, en tête-à-tête,

et assis terriblement près
l'un de l'autre.

Kurt lui prépare une infusion et lui dit des choses comme :

« Voudrais-tu un petit biscuit au beurre ? » ou « J'aime ta nouvelle coiffure, elle te va à merveille. » Je suis absolument sidérée, bien entendu.

Lorsque j'en parle à maman, elle m'explique : « Oui, Chloé est la nouvelle copine de Kurt. Je crois vraiment qu'il l'aime bien. »

Elle ajoute : « Kurt s'est beaucoup amélioré depuis qu'il a une raison de se laver, mais Marcie ne lui parle plus parce qu'elle considère qu'il lui a volé son amie. Et Kurt ne parle plus à Marcie parce qu'elle aurait dit à Chloé que la chambre de Kurt empeste le fromage. »

Ce qui est absolument vrai.

Maman conclut : « Pour l'amour du ciel ! Pourquoi les gens n'arrivent-ils pas à s'entendre ? »

En apercevant Flossie le berger allemand, Chloé se met à hurler comme une hystérique, ce qui n'arrange absolument pas les choses.

Tous les chiens se remettent à aboyer bruyamment.

Et Chloé décrète qu'elle ne pourra plus venir à la maison parce que les bergers allemands lui inspirent une terreur absolue et que, de toute manière, elle n'aime pas trop les chiens.

Kurt se met à déprimer.

Il dit : « Des fois, je déteste cette maison. »

Papa le relance : « Je te comprends : cette maison commence à ressembler à une fourrière. »

Maman lui jette un regard noir.

Puis Mme Stampney se pointe.

Elle porte ses rouleaux et semble en avoir ras le bol.

Elle raconte qu'elle essayait de se relaxer dans son bain, mais qu'il est impossible de se détendre quand trois chiens hurlent de l'autre côté du mur. Elle dit qu'ils la perturbent et que ses nerfs vont lâcher.

Elle ajoute qu'elle va porter plainte à la police.

Maman lui répond qu'elle serait ravie de la conduire jusqu'au poste de police.

Alors la sonnette d'entrée se fait entendre et c'est Karl Wrenbury.

Il dit : « Assis ! » et tous les chiens s'assoient.

Puis il lance : «Silence !» et plus un chien n'aboie.

Karl a des chiens chez lui et il passe le plus clair de son temps à les dresser.

Sa mère est dresseuse de chiens ; elle lui a appris pas mal de choses sur les chiens, et aussi sur l'obéissance.

Maman se dit très reconnaissante et lui propose de rester pour le souper. On aura de la saucisse. Et Karl dit : «Volontiers, merci.» Mais alors c'est un désastre absolu, parce que Betty Belhumeur doit venir à la maison. Qu'est-ce qu'elle va dire quand elle verra Karl Wrenbury ? Elle ne me le pardonnera peut-être jamais.

À ce moment précis, la sonnette se fait encore entendre.

Elle n'émet qu'un léger DING – il semble qu'elle
ait perdu son DONG, ce qui est regrettable.
La sonnette d'entrée de Ruby Redfort, elle, joue
une mélodie.
J'ouvre et c'est Betty Belhumeur.
Elle aperçoit les chiens, et la voilà transportée
au septième ciel, absolument !
Betty Belhumeur adore les chiens, mais les
Belhumeur ne peuvent pas en avoir parce
qu'ils doivent
souvent quitter
le pays sans préavis
et qu'on ne peut
pas emmener un chien
n'importe où comme
ça. Je présume que c'est
pour ça que
nous n'allons
jamais nulle
part.

Karl montre à Betty comment les faire asseoir
et donner la patte. Il lui offre, si elle en a envie,
de venir chez lui promener ses chiens après
l'école.

Maman dit : « Tu peux même emprunter ces
deux-là si tu veux voir comment c'est d'en avoir
à la maison. »

Elle plaisante, mais Betty téléphone quand même
à Maud et Cedric pour leur demander si elle peut
prendre soin de Flossie et de Ralph, une semaine
ou peut-être deux, en attendant qu'on trouve
à Bertin une maison de retraite équipée pour
accueillir les animaux.

Maud croit que ce pourrait être une bonne chose
que Betty sache ce que cela représente de prendre
soin d'un animal.

Et la réponse est donc : « Oui. »

Maman dit : « Le ciel soit loué ! »

Kurt va téléphoner à Chloé, et Betty décide
que Karl n'est pas si mauvais, après tout.

Lundi

De retour en classe, Karl et Betty n'arrêtent pas
de parler de chiens.

Betty semble avoir oublié qu'elle n'aimait pas
Karl Wrenbury et qu'elle le traitait de traînard.
Quand je l'interroge à ce sujet, elle me répond
que ce n'est pas qu'elle ne l'aimait pas, mais qu'elle
craignait qu'il ne ruine notre exposé et le reste.
Betty dit : « S'il peut avoir une bonne influence
sur le projet, alors bien sûr qu'il peut faire équipe
avec nous. »

Le seul hic, c'est que Karl n'a pas la permission
de participer à un exposé parce qu'il est encore

en pénitence

pour avoir volé le trophée.

Et, bien que je me sois mise à l'ouvrage sur
un gadget-bidule de mon cru, c'est Karl qui était
responsable de la meilleure partie de l'exposé et
j'ai bien peur que ça ne vaille pas un clou sans lui.
Betty dit : « De toute manière, nous ne gagnerons
pas ce concours si nous ne pouvons démontrer ce

que nous avons appris de Ruby Redfort. Et c'est ça le problème : nous n'en avons pas la moindre idée. »

Je réponds : « Mais voilà justement ce que j'essaie de te dire ! Je crois que nous pouvons trouver le coupable et gagner le trophée, parce qu'il se trouve que Ruby Redfort nous en a appris pas mal en matière de résolution d'énigmes. »

J'explique mon plan à Betty Belhumeur et elle me dit qu'elle a « la ferme intention de m'aider » et que « wow ! c'est vraiment excitant ».

Nous interrogeons tous les élèves à propos de ce qu'ils savent, de ce qu'ils ne savent pas et de ce qu'ils ne savent pas qu'ils savent.

Ça, c'est Clancy Crew qui le dit toujours.

« Parfois, les gens ne savent pas ce qu'ils savent, parce qu'ils ne s'y arrêtent pas. S'ils réfléchissaient un peu, ils constateraient qu'ils en savent plus qu'ils ne croyaient en savoir. »

Je crois savoir ce qu'il veut dire.

Nous interrogeons Alexandra Holker.

Je lui dis que nous enquêtons sur la disparition
du trophée… et le moment exact où elle s'est
produite, peut-être juste après l'inondation
des toilettes des garçons.

Et Alexandra de dire : « Tu sais quoi, Clarice Bean ?
Je pense que tu as peut-être mis le doigt sur
quelque chose. »

Le plus étrange, c'est que Clancy Crew aurait dit
la même chose.

Je lui demande si elle croit que Grace Grapello
pourrait être coupable.

Et elle répond : « En fait, Grace Grapello avait une
sorte de grippe et n'était donc pas là au moment
où nous croyons que le trophée a disparu. »

Elle a raison, bien sûr.

Je la relance : « Et Toby Hawkling ? Pourrait-il
avoir fait le coup ? »

« Non, pas vraiment, parce que Toby Hawkling
ne fait jamais rien sans que Karl Wrenbury le lui
ait suggéré », répond Alexandra.

Ce en quoi elle a absolument raison aussi.

Je la relance encore : « Et Mme Wilberton ?
Penses-tu qu'elle pourrait avoir volé le trophée ? »
Et elle dit : « Non. »
Je demande : « Qu'est-ce qui te fait dire ça ? »
Et elle répond : « Ben… c'est la maîtresse. »
Alexandra Holker ferait un très bon détective,
parce qu'elle a une très bonne mémoire des détails
et qu'une telle qualité est indispensable pour
un détective.

Mais, si ce n'est ni Mme Wilberton, ni Grace
Grapello, ni Toby Hawkling, alors qui est-ce ?
Nous n'avons pas d'autre suspect et, comme
le dit parfois Ruby à son majordome, la somme
de nos indices est proche de zéro. Et Hitch lui
répond souvent : « Il suffit parfois d'envisager
les choses d'un autre point de vue
pour y
voir plus clair. »

Je ne suis pas certaine de bien comprendre, mais, à notre retour chez les Belhumeur, nous demandons à Maud ce qu'elle en pense. «Selon moi, Hitch veut dire que si l'on réfléchit à un problème d'une nouvelle manière, on arrive parfois à en trouver plus facilement la solution.» Elle ajoute: «Ce que vous devez vous demander pour commencer, c'est: "Pourquoi quelqu'un voudrait-il voler le trophée?" Un trophée ne sert à rien si votre nom n'est pas inscrit dessus à côté du mot

gagnant.

Et il est encore plus inutile si vous ne pouvez pas le montrer aux autres à la lumière du jour.» Elle ajoute: «Si vous envisagiez que le trophée est perdu et non volé, alors peut-être le retrouveriez-vous.»

Maud est vraiment très futée, parce qu'elle écrit des romans policiers.

Elle passe tout son temps à résoudre des énigmes.

Mardi

Betty Belhumeur et moi passons la journée
en quête du trophée. Nous cherchons
partout, même à l'extérieur dans les
grands conteneurs à déchets sur roulettes.
Nous abandonnons après que Betty est passée
près d'y tomber. Il nous faut demander à
M. Skippard d'aller y récupérer les lunettes de
Betty qui ont malencontreusement glissé de son
nez pour tomber dans les ordures.

Très en colère, M. Skippard nous rappelle qu'il a
mieux à faire que de se plonger dans les poubelles.
Il nous avertit que, si jamais ça se reproduit,
il confisquera les lunettes de Betty Belhumeur
et les gardera dans son armoire.

M. Skippard ne ferait jamais ça, parce qu'il n'est
pas aussi sévère qu'il voudrait le laisser croire.
Mais voilà qui me donne une idée.

En effet, l'un des endroits où nous n'avons pas
regardé, c'est justement dans l'armoire à balais
de M. Skippard. Peut-être que le trophée a

153

abouti là par accident quand M. Skippard a
entrepris son grand ménage du printemps?

Betty dit: «C'est un peu risqué, mais le jeu en vaut
la chandelle. »

Ça, Clancy Crew le dit à chaque épisode.

Par malheur, Betty Belhumeur et moi nous faisons
prendre la main dans le sac.

Cette fois, M. Skippard se fâche vraiment.

Il dit: «L'armoire du gardien est interdite à tous
les élèves. Un point, c'est tout. »

Par un malheur encore plus grand, il s'avère que
Mme Wilberton passe justement au moment où
M. Skippard nous réprimande, ce qui nous plonge

absolument

dans de beaux draps.

Mme Wilberton dit: «Eh bien! Clarice Bean,
je ne m'étonne pas vraiment de cette conduite
délibérément disgracieuse. »

Mais qu'est-ce qu'elle raconte?

Elle poursuit: «Quant à toi, Betty Belhumeur,
je suis déçue: je te croyais plus sage. »

Elle ajoute : « Puisque vous aimez tant les armoires, toutes les deux, vous allez rester en classe pendant la récréation et

ranger
tous les
livres
dans
MON armoire. »

Voilà qui ne facilitera pas la poursuite de notre enquête.

Car nous avons d'autres chats à fouetter que de faire le ménage pour une personne dont le nom commence par W et qui est trop paresseuse pour ranger sa propre armoire.

Ça prend un temps fou, parce que chacune de nous deux fait tour à tour la lecture de RUBY REDFORT TRIOMPHE à l'autre.

Après s'être frayé un chemin à travers un labyrinthe de corridors, et avoir gravi un nombre incalculable de marches en pierre, Ruby Redfort arriva en face d'une porte en acier. Elle avait la certitude que c'était derrière cette porte qu'elle trouverait la malheureuse vedette de télévision.

Ruby crocheta la serrure sans trop de difficulté, pour découvrir le visage pour le moins étonné de nul autre que Dirk Draylon.

— Bon sang ! Je suis heureux de te voir, soupira Dirk. J'ai bien cru que jamais je ne ressortirais d'ici.

— Ne t'inquiète pas, Dirk, je suis venue te tirer de là, murmura Ruby en défaisant les liens de la célébrité épuisée.

— Je te donne mes ailes de planeur. Elles ont été conçues pour une fille de onze ans, mais tu sembles avoir perdu pas mal de poids. Et puis, de toute façon, il n'y a pas d'autre solution.

— Et toi ?

— Ne t'en fais pas pour moi, Dirk. Je m'en sortirai sans peine.

— Je te dois une fière chandelle, petite, dit-il avant de sauter de la fenêtre puis de flotter au gré du vent vers le sol, deux cents et quelques mètres plus bas.

Soudain, Ruby entendit une voix menaçante dans son dos.

— Comme on se retrouve, Ruby Redfort, empêcheuse de tourner en rond et agaçante écolière ! Croyais-tu vraiment pouvoir déjouer le génie maléfique du comte Von Vicomte ?

— Bof, qui ne risque rien n'a rien, ironisa Ruby qui affichait un air décontracté même si son cœur battait tellement vite qu'elle en avait le souffle coupé.

— Eh bien ! puisque tu es ici, autant te dire ma petite idée. Elle est incroyablement rusée.

Tandis que Betty lit tout haut, je tâtonne sur la tablette supérieure de l'étagère et je heurte par inadvertance un objet qui lui tombe en plein sur la tête.

Vous ne le croirez **absolument jamais**, mais il s'agit du trophée.

Mais que pouvait-il bien faire dans l'armoire de Mme Wilberton ?

À ce moment précis, Mme Wilberton nous appelle : « Clarice Bean, Betty Belhumeur, veuillez s'il vous plaît sortir de cette armoire et venir vous asseoir devant moi. »

Je dis : « Madame Wilberton, j'ignorais qu'il y avait deux trophées pour les gagnants du concours. »
Et elle répond : « Eh bien ! il n'y en a qu'un seul. »
Je réplique : « Mais madame Wilberton, il y a dans votre armoire un trophée identique à celui destiné aux gagnants du concours d'exposés. Vous savez, le trophée que Karl Wrenbury aurait volé. »
Lorsqu'elle l'aperçoit, Mme Wilberton devient aussi pourpre qu'une betterave et fuit comme un hanneton vers le bureau de M. Pickering.
Elle met un temps fou à revenir.

Nous apprenons que Mme Wilberton avait demandé à M. Skippard de polir un peu le trophée pour la journée « portes ouvertes ». Elle lui avait dit de le replacer dans l'armoire, mais il y a eu un malentendu parce que M. Skippard a pensé que Mme Wilberton voulait parler de son armoire à elle, puisqu'elle aurait besoin du trophée ce mercredi, mais Mme Wilberton, elle, voulait parler de l'armoire à trophées vitrée.

En sortant de l'école, j'entends Mme Marse commenter : « M. Pickering était tout blanc et a dit à Mme Wilberton qu'elle ne pouvait lancer des accusations à l'emporte-pièce à des gens qui n'avaient rien à se reprocher. »

Ce à quoi M. Skippard a répondu : « Tout à fait d'accord. »

Betty revient avec moi à la maison pour la collation.

À notre arrivée, Maman est de bien bonne humeur, parce qu'elle a trouvé une maison de retraite qui accepte les animaux plus grands qu'une perruche ou un poisson rouge.

Mais les locataires ne peuvent avoir qu'un seul chien, ce qui veut dire que Bertin-en-lin devra choisir entre Flossie et Ralph.

Voilà le hic.

Bertin prétend qu'il ne pourrait se passer de Flossie parce qu'ils vivent ensemble depuis onze ans, ce qui équivaut à soixante-dix-sept ans pour un chien.

En plein l'âge de Bertin.

«Nous sommes retraités tous les deux», dit-il.

Ralph est un peu plus jeune; au calendrier des chiens, son âge équivaut à celui de mon père.

Si Ralph était un être humain, il aurait probablement été dans la même classe que mon père et j'ai l'impression qu'ils auraient pu être amis.

Avant le souper, Betty Belhumeur, Maman, Grand-P'pa, Bertin et moi allons jeter un coup d'œil au foyer.

Il nous faut nous entasser dans l'auto.

L'endroit s'appelle La Maison du coucher de soleil, un nom que Betty et moi trouvons absolument romantique.

La maison est peinte dans des couleurs extrêmement vives et l'écriteau dans le hall d'entrée se lit ainsi: «PAS BESOIN D'ÊTRE CINGLÉ POUR TRAVAILLER ICI, MAIS ÇA AIDE!»

Maman affirme que La Maison du coucher de soleil doit être un endroit agréable, puisque les gens qui la dirigent ont un bon sens de l'humour.

C'est une maison familiale, c'est-à-dire que les employés sont tous membres de la même famille. C'est peut-être pour cela qu'ils portent tous des lunettes.

Pouvez-vous vous imaginer une maison de retraite administrée par ma famille?

Moi pas.

La préposée en service, une dénommée Pam, dit qu'à La Maison du coucher de soleil on comprend l'importance pour les gens de garder leur animal de compagnie avec eux. Elle dit qu'elle aimerait bien que La Maison du coucher de soleil puisse accueillir davantage d'animaux, mais que s'ils les acceptaient tous, la maison finirait par ressembler plus à une ferme qu'à une résidence pour personnes âgées.

Bertin a l'air assez épaté, surtout qu'il a remarqué qu'il y avait au menu du pouding au pain, son préféré.

À mon goût, c'est absolument le pire des poudings.

Il faudrait me payer cher pour que j'en mange. Bertin dit que la seule chose qui l'inquiète, c'est le sort de Ralph le pékinois. Il ne peut supporter l'idée que le chien soit malheureux.

Betty intervient: «Je veillerai sur lui! Nous aimons beaucoup Ralph et nous aimerions bien qu'il vienne vivre chez nous à temps plein. D'ailleurs je crois que Ralph nous aime bien aussi. Je l'ai vu sourire, ce qui n'est pas évident pour un chien, mais je l'ai vu. En plus, il suit mon père partout. Parfois, il se contente de l'observer et de l'écouter jouer du piano. Je crois qu'il a l'oreille musicale. Il n'a probablement jamais eu de piano, mais nous, nous en avons un, et il peut l'écouter aussi souvent qu'il le désire. C'est vrai! Et nous l'emmènerons vous rendre visite aussi souvent que vous le désirerez, Bertin, je vous le jure.»

Bertin se réjouit de cette idée. Cependant, Maman

dit qu'il faut d'abord consulter Cedric et Maud.

Qu'arrivera-t-il à Ralph quand les Belhumeur s'absenteront?

Et Betty de répondre que Karl Wrenbury veillerait sur lui, puisque sa mère est une dresseuse de chiens professionnelle.

Du coup, nous nous empressons de téléphoner à Maud et Cedric.

Et leur réponse est: «Oui!»

Quelle journée excitante!

Presque digne des journées de Ruby Redfort.

Voici d'ailleurs le moment de savoir comment Ruby va réussir à se tirer des griffes du génie maléfique, le comte Von Vicomte.

Parce qu'elle y arrivera, je suis prête à le parier.

«Eh bien! on dirait que c'est la fin du parcours pour toi, Ruby Redfort, jeune détective. D'ici une vingtaine de minutes, cette pièce sera entièrement inondée. On verra si tu peux t'en tirer! J'en doute FORT! Ah! ha! ha! ha!»

Sur ce, le méchant comte se retourna et scella la porte derrière lui.

À ce moment, Ruby se rappela le petit laser camouflé dans sa bague décorative. Elle se mit au travail. Quelques secondes lui suffirent pour sectionner les menottes d'acier à ses poignets. Elle s'attaqua ensuite à la serrure de la porte de métal, mais en vain : tout était blindé. Même la petite fenêtre était scellée : impossible de l'ouvrir. Le niveau d'eau dans la pièce montait dangereusement. Ruby ne voyait plus aucun moyen de s'échapper. Jusqu'à ce que, désespérée, elle lève les yeux... et découvre, à sa grande surprise, une minuscule trappe — juste assez grande pour qu'une fille de onze ans s'y glisse.

Ne restait plus à régler que la question de l'oxygène. Respirer ne serait pas de tout repos... Bien entendu, elle avait son équipement de plongée miniature, mais lui permettrait-il de tenir assez longtemps?

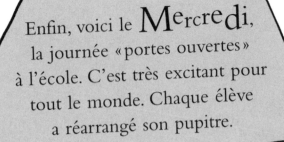

Enfin, voici le Mercredi,
la journée «portes ouvertes»
à l'école. C'est très excitant pour
tout le monde. Chaque élève
a réarrangé son pupitre.

Le nôtre est absolument magnifique
parce que nous avons le plus bel objet
de l'exposition : un volcan en activité qui
émet de vrais nuages de fumée. Mais nous
ne l'allumerons qu'à la dernière minute, histoire
de ménager la surprise.

Et puis nous ne voulons pas être
à court de fumée avant que les juges
puissent le voir !

Karl a construit un petit hélicoptère ;
Betty et moi avons façonné des figurines de
Clancy Crew et de Ruby Redfort. Le comte
Von Vicomte les tient suspendues au-dessus du
volcan. C'est moi qui ai fabriqué le comte Von Vicomte
en papier mâché, c'est-à-dire avec du papier journal
détrempé d'une sorte de colle faite de farine et d'eau.
Ça nécessite beaucoup de travail.

Le plus difficile, c'est d'attendre
qu'il sèche. Mais ça vaut le coup. Karl
a enregistré un rire menaçant – en fait,
c'est celui de Mme Wilberton, mais elle
ne le sait pas.

Noah et Suzie Woo ont un wok, un vrai de vrai, pour leur exposé ; ça ressemble à une casserole, mais pas tout à fait.

C'est juste pour la démonstration — ils n'auraient pas le droit de cuisiner pour de vrai, à cause des risques d'incendie. Mais ils ont préparé du sushi, c'est-à-dire du poisson cru enroulé autour d'une boulette de riz. Et ils ont aussi des bananes vertes, mais ce ne sont pas de vraies bananes. Ça s'appelle du plantain, et en fait c'est un peu comme des pommes de terre déguisées en bananes.

Après avoir observé un peu le travail des autres, chacun doit faire un discours.

Je fais le mien en imitant l'accent américain de Ruby Redfort. Alors ça sonne vraiment bien.

Je dis : « En lisant les livres de Ruby Redfort, j'ai appris beaucoup de choses. »

Puis j'entreprends de décrire comment nous avons additionné les indices, comme dans un plus un font deux, pour en arriver à la conclusion que le trophée n'avait pas été volé, mais qu'une personne, dont nous tairons le nom, s'était montrée absolument distraite puis avait voulu faire porter le blâme à une autre. Voilà ce qui arrive quand on saute prématurément aux conclusions.

Et puis j'ajoute : « C'est fou ce que vous pouvez vous instruire en lisant un livre qui vous passionne, n'importe lequel. Et le plus étonnant c'est que vous ne vous rendez pas toujours compte que vous êtes effectivement en train d'apprendre, parce que vous êtes trop pris par le plaisir. »

Bien entendu, tout le monde applaudit.

Mme Wilberton me fixe en souriant et en applaudissant un tout petit peu trop.

Et M. Pickering conclut : « Bon travail, les filles ! »

C'est à peu près comme à la fin des livres de Ruby Redfort, quand Hitch lui dit toujours : « Bon travail, petite ! »

M. Pickering dit : « C'est grâce à vous que nous avons récupéré le trophée à temps pour cette soirée. Je suis vraiment très impressionné

par votre performance de détective. Si elle
ne veut pas que vous lui preniez sa place, Ruby
Redfort a intérêt à bien se tenir ! »

C'est gentil de sa part, mais ce n'est pas possible
puisque Ruby Redfort n'existe pas dans la vraie
vie. Mais j'aimerais tant que ce soit le cas !
Je lui donne un de nos écussons de Ruby, faits
à la main. Et il le porte. C'est écrit : « Sapristi,
quel gâchis ! »

En tout cas, tout le monde a trouvé
notre exposé absolument passionnant et
Appelle-moi-Maud lance : « Bravo, les filles ! »
La mère de Karl avoue qu'elle est soulagée
de savoir qu'elle n'aura pas à discuter
avec le directeur du mauvais
comportement de Karl, pour une fois.
Et M. Pickering de répondre
qu'il l'est, lui aussi.
Mme Wilberton est bien obligée
d'admettre qu'elle regrette
amèrement cette méprise.

Elle offre à Karl une boîte de jujubes en guise d'excuses.

Après que tout le monde a présenté le côté instructif de son exposé, les parents circulent dans la classe pour admirer les maquettes et autres inventions.

J'entends Mme Wilberton dire à Robert Granger et Arnie Singh : « Très bel exposé, Robert et Arnie, mais il aurait peut-être mieux valu vous en tenir plus strictement aux faits. »

Elle ajoute : « Les poulets-dinosaures n'ont jamais existé. »

C'est absolument un fait.

« Ces ossements n'ont pas soixante-cinq millions d'années. »

Ça aussi, c'est un fait.

Je remarque cependant que Robert et Arnie
ne portent pas attention à Mme Wilberton.
D'ailleurs, aussitôt que les parents s'approchent,
ils leur racontent ces balivernes à propos de la
découverte de ces ossements de poulet-dinosaure
dans le jardin de Robert.

Grace Grapello est aux toilettes, malade, parce
qu'elle a mangé presque tout le *fudge* victorien
d'Alexandra Holker sans même le lui demander.
Il était pourtant destiné aux visiteurs.
Elle est même trop malade pour présenter son
exposé sur le ballet avec Cindy Fisher.
Toby Hawkling devait participer à l'exposé sur
le ballet également, mais il a un malencontreux
problème d'estomac depuis le matin. Il prétend
que, s'il exécute le moindre mouvement qui
implique de tournoyer, il risque de s'évanouir.
Ce qui ne l'empêche pas d'engloutir huit
sandwiches aux œufs.
Cindy Fisher doit donc présenter la performance

tout seule. Ce n'est pas très bon parce que Cindy
ne suit des cours de ballet que depuis deux semaines
et qu'elle n'y connaît absolument rien.

Elle invente tout au fur et à mesure.

Grace Grapello doit rentrer chez elle de toute
urgence.

Mme Wilberton lui dit : « Eh bien ! Il me semble,
Grace Grapello, que tu récoltes ce que tu as semé. »

Il y a pas mal de gens de mon entourage à
la journée « portes ouvertes », y compris Bertin,
Flossie et Ralph, et même mon père.

D'ordinaire, Papa est trop pris au bureau et ne peut
se libérer parce qu'il a toujours M. Thorncliff sur
le dos.

M. Thorncliff est un patron très strict et il n'aime
pas que ses employés aient du temps à eux pour
les loisirs.

Papa a dit à Mlle Egglington, sa secrétaire – qu'il
ne faut pas appeler « secrétaire », mais bien
« assistante personnelle » –, de dire à M. Thorncliff

qu'il avait dû rentrer plus tôt à la suite d'une intoxication alimentaire.

C'est drôle, parce qu'après avoir mangé
quelques sushis préparés par Noah et Suzie Woo,
il a justement l'impression de n'être pas dans
son assiette.

Je montre à Papa notre présentation et Karl allume
le volcan fumant. Pendant presque une minute,
il ne fume pas du tout.

C'est très énervant.

Nous trépignons d'impatience.

Et puis, graduellement, se forme un nuage de fumée.
Notre volcan est si bien imité qu'il a l'air
absolument vrai.

Il sent un peu bizarre, mais je crois que c'est
toujours comme ça, les volcans.

Nous allons gagner, c'est presque sûr.

Alors M. Pickering prend le mégaphone.
Il annonce : « Veuillez s'il vous plaît me rejoindre
dans la grande salle, où nous allons procéder
au dévoilement du lauréat de notre concours
d'exposés littéraires. »

Il prononce un petit discours.

Au bout d'un moment, j'oublie de me concentrer sur ses paroles parce que j'observe une araignée qui descend le long de son fil, juste au-dessus de la tête de M. Pickering.

Heureusement, je retrouve mes esprits juste à temps pour l'entendre dire : « Et sans plus de préambule, la lauréate est… »

Je ferme les yeux pour mieux l'entendre prononcer mon nom, mais quand je les rouvre c'est Alexandra Holker que je vois recevoir le trophée.

M. Pickering dit :

« Alexandra a mené un exposé très instructif, et reconstituer

l'ère victorienne en quelques minutes à peine
était très ambitieux de sa part. »

Et il ajoute : « Ce n'est pas donné à tout
le monde d'incarner la reine
Victoria un moment, puis
Charles Dickens dans
la minute qui suit. »

Et encore : « Ce qui restait
du *fudge* victorien était
succulent. »

Nous sommes absolument
déçus
de n'avoir gagné ni
le trophée, ni le prix
mystère. Au moins, la
gagnante est Alexandra,
que j'aime bien, et non Grace Grapello,
que je n'aime pas.

En définitive, le prix mystère ne s'avère pas bien
mystérieux. En revanche, il est absolument digne
de Mme Wilberton.

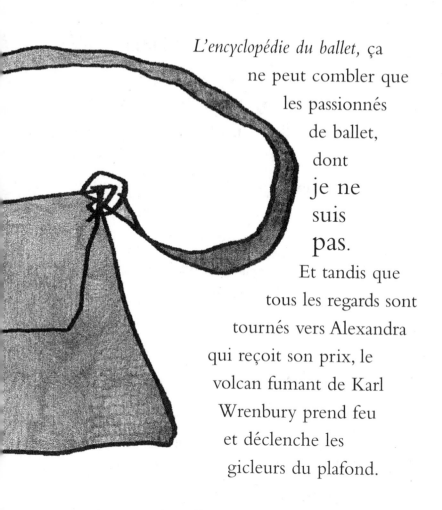

L'encyclopédie du ballet, ça
ne peut combler que
les passionnés
de ballet,
dont
je ne
suis
pas.
Et tandis que
tous les regards sont
tournés vers Alexandra
qui reçoit son prix, le
volcan fumant de Karl
Wrenbury prend feu
et déclenche les
gicleurs du plafond.

Mme Wilberton est dans tous ses états.
Elle clame que son sac en daim est
complètement
fichu.

À mon avis, les sandwiches aux œufs préparés
pour l'occasion ne sont plus mangeables.
Heureusement, les petites saucisses au bout
des cure-dents, elles, sont délicieuses.
Une fois sur les lieux, mon oncle Ted, qui est
pompier, fait remarquer que «ce n'est pas très sage
d'avoir des objets fumants dans une salle de classe.
Pas sans le niveau approprié de surveillance».
M. Pickering convoque Mme Wilberton
à son bureau.
Je crois qu'il va la réprimander.
Je le souhaite.
Karl Wrenbury est renvoyé chez lui.
Comme tous les autres élèves.

Jeudi

Je m'éveille très tôt, même si on a congé à cause
de l'eau dans la salle de classe que M. Skippard
devra éponger à la serpillière.
Il lui faudra porter des bottes en caoutchouc.
J'ai entendu M. Skippard dire à Mme Marse :

«Mme Wilberton peut dire adieu au tapis de son coin lecture.»

Parce que, bien entendu, il est absolument détrempé. Et j'ai entendu Mme Marse répondre : «Pour tout vous dire, c'est le cadet de ses soucis.» Je vais téléphoner à Grand-M'man pour lui raconter ce qui s'est passé, mais pas avant d'avoir lu la dernière page de RUBY REDFORT TRIOMPHE.

J'ai presque envie de ne pas le terminer pour que l'aventure dure plus longtemps, mais j'ai absolument besoin de connaître la fin.

Le truc qui arrive parfois quand on lit un bon livre, c'est qu'on a envie

de le

relire

et de le

relire

encore.

Ruby Redfort sortit du QG et monta à bord de la limousine.

Quelle journée! D'abord, voler au secours de son héros, Dirk Draylon; puis, échapper au maléfique génie, le comte Von Vicomte, en déjouant comme toujours ses obscurs desseins de conquête du monde.

Le QG était satisfait du travail de Ruby et lui offrit de se reposer pour le reste de la journée.

Quel dommage qu'elle ne puisse retourner à l'école à temps pour remporter l'élection! Mais bon, elle avait été retenue ailleurs. Même Ruby Redfort ne pouvait gagner sur tous les fronts.

Au moins, Vapona Begwell ne serait pas élue présidente. Mme Drisco en avait décidé ainsi après avoir surpris Vapona à essayer de voter pour elle-même plus d'une fois.

Avec son gros orteil, Ruby alluma la super télévision de luxe.

Il y avait *Sacrés limiers*, mettant en vedette son nouvel ami, Dirk Draylon.

Ce n'était pas rien d'avoir sauvé d'une mort certaine cette célébrité adulée, mais Ruby s'en voulait d'avoir oublié de demander à Dirk un autographe.

Soudain, une voix se fit entendre dans l'interphone de la voiture, celle de Hitch.

«Bon travail, petite!»

FIN

À peine ai-je terminé de lire
la toute dernière phrase
que j'entends la sonnette d'entrée.

C'est un étrange bourdonnement parce que la pile doit être changée.

J'espère vraiment que ce n'est pas Mme Stampney ou Robert Granger.

Je jette un coup d'œil par la fente de la boîte aux lettres, juste au cas où. J'aperçois seulement Ralph le pékinois, alors j'ouvre.

Heureusement, il est avec Betty Belhumeur. Il a l'air vraiment heureux.

Betty lui a acheté un nouveau collier. Elle a aussi avec elle le cadeau qu'elle m'a rapporté de Russie. Elle a hâte que je le déballe. Elle sautille et Ralph l'imite.

Devinez quoi : c'est le plus récent volume de la série Ruby Redfort !

Betty prétend qu'il est

«tout frais sorti des presses»,
ce qui signifie sûrement qu'on l'a imprimé
la semaine dernière.

Il s'intitule RUBY RUSE EN RUSSIE. La couverture
est blanche et on y voit Ruby, avec sur la tête
un chapeau en fourrure à oreillettes. Le livre n'est
même pas encore en librairie. Betty l'a eu des
mains de l'auteure elle-même en personne, et
Patricia F. Maplin Stacey l'a dédicacé au stylo-feutre.

Elle a écrit :

Pour Clarice Bean
Continue de lire, petite !
Amicalement,
    Patricia F. Maplin Stacey

En plein le genre de phrase que dirait Hitch.

LA SÉRIE RUBY REDFORT

par Patricia F. Maplin Stacey

IL ÉTAIT UNE FOIS UNE FILLE NOMMÉE RUBY

SAUVE QUI PEUT, RUBY

MAIS OÙ ES-TU, RUBY REDFORT ?

TU N'ES PAS POSSIBLE, RUBY REDFORT !

QUI SAUVERA RUBY REDFORT ?

RUBY REDFORT SAUVE LA MISE

RUBY REDFORT TRIOMPHE

Des renseignements
absolument
importants au verso

Pour *Sylv*

que je remercie
absolument

Lauren Child a imaginé Clarice Bean en scrutant l'espace. Lauren Child adore scruter l'espace et aussi porter des lunettes fumées sur le dessus de sa tête. Elle n'a absolument presque jamais de soucis. Si jamais ça lui arrive, elle téléphone à son éditrice pour qu'elle se fasse du souci à sa place. À l'école, Lauren Child n'était absolument jamais tout à fait dans le pétrin et, si elle y était, ce n'était absolument jamais de sa faute. Parlant de fautes, Lauren Child n'est pas très forte en orthographe. Cela ne l'a absolument pas empêchée d'écrire des tas de livres exceptionnextraordinaires, dont certains ont même remporté des prix. Lauren Child habite à Londres et à Los Angeles.

Un merci bien spécial à vous, Francesca Dow,
Anna Billson et Megan Larkin qui, bien entendu,
êtes toutes formidables !

Merci à Orchard Books pour son calme (du moins
en apparence) et sa gentillesse constante — même
quand je ne sais plus quoi écrire.

De même, merci à mon agent, Caroline Walsh,
pour les raisons susmentionnées.

Merci à ma mère d'avoir prêté sa plume
à Patricia F. Maplin Stacey.

Merci à Shaw Farm Video and Chocolate Tasting
Society pour un tas de conseils très importants
et des discussions de fin de soirée fort
encourageantes.

Merci à Rococo Chocolates dont les divines
barres de chocolat ont été d'un apport
inestimable durant l'écriture de ce roman.

Et enfin, merci à tous ceux qui liront
ce livre pour moi et diront (même tout bas)
qu'ils l'apprécient.

Les éditions de la courte échelle inc.
5243, boul. Saint-Laurent
Montréal (Québec) H2T 1S4
www.courteechelle.com

Traduction : Stanley Péan
Révision : Vincent Collard
Infographie : Pige communication

Dépôt légal, 1er trimestre 2008
Bibliothèque nationale du Québec

Édition originale : *Utterly Me, Clarice Bean*, Orchard Books

La courte échelle reconnaît l'aide financière du gouvernement
du Canada par l'entremise du Programme d'aide au développement
de l'industrie de l'édition pour ses activités d'édition. La courte échelle
est aussi inscrite au programme de subvention globale du Conseil
des Arts du Canada et reçoit l'appui
du gouvernement du Québec par
l'intermédiaire de la SODEC.

La courte échelle bénéficie également
du Programme de crédit d'impôt pour
l'édition de livres — Gestion SODEC
— du gouvernement du Québec.

**Catalogage avant publication de
Bibliothèque et Archives nationales du
Québec et Bibliothèque et Archives Canada**

Child, Lauren

    Absolument moi, Clarice Bean

    (Clarice Bean)
    Traduction de : Utterly me, Clarice Bean.
    Pour les jeunes de 9 ans et plus.

    ISBN 978-2-89021-965-6

    I. Péan, Stanley. II. Titre.

PZ23.C4556Ab 2008   j823'.914   C2008-940212-X

Imprimé au Canada
par Imprimerie Gauvin

Recyclé
Contribue à l'utilisation responsable
des ressources forestières
www.fsc.org Cert no. SGS-COC-2624
© 1996 Forest Stewardship Council

FSC

la courte échelle